한 줄도 좋다, 우리 가곡

한 줄도 좋다, 우리 가곡

장석주

일러두기

• 가곡·시·시조 등은 〈　〉로, 가곡집·시집·잡지·장편소설 등은 《　》로 표기하
  였습니다.

• 이 책에 나오는 가곡은 한국문예학술저작권협회와 한국음악저작권협회
  (KOMCA)의 이용허락을 받아 수록하였습니다. 저작권자와 연락이 닿지 않아
  사전 허락을 구하지 못한 저작물도 일부 수록되어 있습니다. 발견하시면 출판
  사로 연락해주시기 바랍니다.

가곡을 즐겨 부른 까닭

나는 음치임에도 불구하고 가곡 부르는 걸 퍽이나 좋아했다. 또래들이 유행가나 팝송에 빠질 때 꿋꿋하게 가곡만을 불렀다. 목련이 피는 봄밤에도, 장맛비가 내리는 여름날 저녁에도, 달 높이 뜨고 바람 따라 낙엽이 구르는 스산한 가을밤에도 혼자 청승맞게 가곡을 불렀다. 가곡을 잘 부르는 이를 진심으로 부러워했으나 아무리 불러도 음정과 박자를 제대로 맞출 수가 없었다. 나는 되는대로 소리를 지르며 부르는 수준에서 벗어나지 못했다. 나는 어찌지고 음치 주제에 그토록 우리 가곡 부르는 것을 좋아했을까?

　나는 늘 가곡의 아름다운 선율에 감탄했다. 가곡은 늘 소란스러운 마음을 고요하게 만든다. 마음이 고요 속에 있을 때 현실의 비루함과 그 고통은 견딜 만해지고, 가곡 선율은 느른한 마음을 쇄신하는 계기를 주었다. 마음은 파릇해졌고, 온몸엔 생동하는 기운으로 충만했다. 또한 가곡을 부를 때 내 몸통은 노래로 가득 차오르고, 노래는 저 너머의 삶에 대한 동경을 심어주었다. 저 너머 세상에는 아직 살아보지 못한 꿈의 세상이 있을 듯했다. 나는 현실 저 너머를 상상하며 아득해지곤 했다.

　　노래가 낫기는 그중 나아도/구름까지 갔다간 되돌아오고,/네 발굽을 쳐 달려간 말은/바닷가에 가 멎어 버렸다./활로 잡은 산돼지, 매로 잡은 산새들에도/이제는 벌써 입맛을 잃었다./꽃아, 아침마다 개벽하는 꽃아./네가 좋기는 제일 좋아도,/물낯바닥에 얼굴이나 비취는/헤엄도 모르는 아이와 같이/

나는 네 닫힌 문에 기대섰을 뿐이다./문 열어라 꽃
아. 문 열어라 꽃아./ 벼락과 해일만이 길일지라도/
문 열어라 꽃아. 문 열어라 꽃아.

서정주, 〈꽃밭의 독백-사소단장〉* 전문

"노래가 낫기는 그중 나아도"라고 한 시인은 썼다.
노래는 우리 안의 근원적 충동 중 하나다. 그 예술적 충
동, 즉 "인간 행동의 골간에 깊이 채색되어 있는"** 그
것은 어느 결에 밖으로 저절로 흘러나오는 것임을 나
는 일찍이 깨달았다. 짧고 조악하며 비참한 삶에 노래
가 있다는 것은 그나마 작은 위안일 테다. 세상의 많은
일들 중에서 노래는 좋은 것에 속한다. 사는 일이 늘
야박한 희망 속에서 기대와 보람이 좌절되어 시난고
난하더라도 노래는 "아침마다 개벽하는 꽃"같이 우리
마음을 기쁘게 하는 것 중 하나다. 돌이켜보면 삶은 얼
마나 자주 우리 꿈과 희망을 배반했던가! 비정한 생존

---

* 서정주, 《미당 서정주 전집 1》, 은행나무, 2015, 161~162쪽.
** 엘렌 디사나야케, 김한영 옮김, 《미학적 인간》, 연암서가, 2016, 103쪽.

경쟁에 내몰려 아등바등 몸부림칠 때 분명 내 삶에는 기쁨보다는 고단함이, 행복보다는 불행이 더 많았다. "벼락과 해일만이 〔나의〕 길"이었지만 나는 잘 견디고 그 세월을 건너 왔다. 자식을 낳아 어엿하게 기르고, 생업을 살뜰하게 이어왔다. 어느 날엔가 응달진 삶에 빛이 들고 꽃이 펴서 화사해지기를 기다렸다. 노래 속에는 시름 많은 마음의 주름을 펴고 삶의 고단함을 위로하는 그 무엇이 들어 있다. 노래를 부르는 마음과 꽃 앞에서 "문 열어라 꽃아. 문 열어라 꽃아." 하고 주문하는 마음은 한마음이라는 것도 알았다.

가곡의 곡조와 가사가 마음에 흘러들어와 나를 흔들었다. 그리운 노래, 정다운 가곡. 그 가사의 갸륵하고 아름다운 뜻을 헤아려보니, 우리 가곡이 더 좋아졌다. 노래마다 고유한 색감, 온기, 감미로움이 내 마음을 적셨다. 우리 가곡에는 우리를 낳고 기른 토양, 우리 얼과 넋의 바탕이 되었을 온갖 씨앗을 품어 싹을 내는 흙과, 버드나무를 스치며 부는 바람, 산과 둔덕과 들, 햇살과 초목들이 다 들어 있다. 내가 즐겨 부른 가곡을 한자리에 모으고 살펴보니, 우리 삶과 정서의 바탕인 고향을 떠나 애타는 마음과 객지를 떠돌며 고향을 그리워하는 마음을 노래한 게 으뜸으로 많았다. 그만큼 우리 민족 구성원 중에 고향을 떠나 객지를 떠돌며 향수병에 시달린 사람이 많았다는 증거다. 그밖엔 사랑, 이별, 임, 그리움, 정한을 다룬 노래들이 뒤를 따른다.

《한 줄도 좋다, 우리 가곡》은 출판사의 제안으로 시작한 책이다. 내 집필 계획에 없던 제안이었지만 쓸 만하다고 여겨져 덥석 받아들였다. 돌이켜보니, 이 맘과 저 맘을 잇고, 내 맘을 쥐락펴락하며, 내 안의 근심과 걱정을 눅이며 불안 속에서 출렁이던 삶을 다독이던 노래들이 있었다. 오갈 데 없이 쓸쓸한 마음에 울타리가 되고 정원을 만들어주던 그 노래들이 있어 내 삶이 보다 살 만했음을 뒤늦게 깨달았다. 애창 가곡의 깊은 뜻을 헤아리며 글을 써나가는 동안은 내가 건너온 세월을 성찰하는 시간이었다. 좋은 일도 있었고, 나쁜 일도 있었다. 지나온 세월이 앗아간 기억은 아련하건만 가슴에 남은 가곡이 준 기쁨과 행복은 생생했다. 우리 가곡을 사랑하는 당신에게도 작은 선물 같은 책이 되었으면 좋겠다.

2019년 가을 초입

장석주

✻

네가 내게서 피어날 적에
모든 슬픔이 사라진다

〈동무 생각〉

우정의 기적

〈동무 생각〉은 어딘가 모르게 이국적인 느낌에 이끌려 자주 부른 가곡이다. 이 노래에 나오는 "청라언덕"이 어디인지가 궁금했다. 어린 시절에는 그곳이 어딘지를 짐작조차 하지 못했다. '청라靑蘿'는 푸른 담쟁이를 뜻하는 단어라고 했다. "청라언덕"이 미국인 선교사들이 거주하던 대구 동산동이라는 사실을 나중에야 알았다. "청라언덕"에 있는 선교사들이 살던 양옥 붉은 외벽을 감싼 푸른 담쟁이가 아름다웠던 모양이다. 대구 사람들이 이 "청라언덕"을 "몽마르트르 언덕"이라 불렀다. 선교사 주택은 지금은 역사박물관으로 바뀌었다. 문화재로 지정된 계산성당, 이상화 시인과 서상돈 고택으로 이어지는 대구의 근대 문화 골목에 속해 있다.

봄의 교향악이 울려 퍼지면 청라언덕에 백합이 피었던가? 내 맘이 청라언덕이라면 내 동무는 그 청라언덕에 피어난 백합일 테다. 내 맘이 저녁 조수潮水라면 내 동무는 그 위를 나는 흰 새다. 나와 동무는 잘 어울리는 한 짝이다. 청라언덕의 백합 같고, 저녁 바다 위를 나는 흰 새 같은 너라는 존재가 홀연 맘속에서 피어나는 것이 우정이다. 피어나서 아름다운 것은 우정이나 꽃이나 하나일 테다. "네가 내게서 피어날 적에/모든 슬픔이 사라진다." 그렇다. 내 맘속에 슬픔과 걱정을 사라지게 하는 것, 이것이 우정의 기적이다. 슬픔이 사라진 자리에 무상無償의 기쁨으로 피어나는 게 우정임을, 세월이 흐른 뒤에야 깨달았다. 나는 늘 늦되는 사람이었던 것이다.

서창西窓으로 저녁의 그늘이 내릴 때 변성기로 접어

든 목소리로 이 노래를 불렀다. 아직 운명을 사랑하는 법도 모르고, 인간이 "짐승과 초인 사이를 가로지르는 밧줄, 심연 위에 걸쳐져 있는 하나의 밧줄"이라는 니체의 잠언도 몰랐다. 그저 동무들과 뛰어노는 것에 정신이 팔렸던 시절이다. 2차 성징性徵이 나타날 무렵, 변성기 목소리로 부르는 노래는 음정도 박자도 맞지 않았다. 그 시절 내 노래는 아름다운 화음이 아니라 꺽꺽거리며 괴이한 소리 이상은 아니었겠지만 이상하게도 〈동무생각〉을 부를 때마다 마음이 화창해졌다. 마음이 울적할 때마다 이 노래를 반복해서 불렀다. 동무들과의 우정에서 비롯된 설렘과 기쁨이 담긴 노랫말 때문인가. 이 노래의 밝은 기상은 백합과 흰 나리꽃의 향기와 함께 내 마음에 스며들어 근심을 씻어내고 조용히 번져갔다.

〈동무 생각〉

이은상 작시, 박태준 작곡

〈동무 생각〉은 오랫동안 〈사우思友〉라는 제목으로 불리던 노래다. 〈동무 생각〉은 우리말로 순화된 제목이다. 우정을 기리는 노래 중에서 으뜸으로 꼽을 만한 아름다운 가곡이지만, 실은 이 노래는 첫사랑의 설렘과 기대에 바쳐진 가곡이다.

이 노래의 작곡자인 박태준(1900~1986)은 대구 청라언덕 서쪽의 계성학교(지금의 계성고)에 다닐 때 청라언덕 아래에 있는 신명여학교의 한 여학생을 마음에 품고 사랑했다. "백합 같은 내 동무"는 남학생이 아니라 여학생이었다는 것이다. 이 첫사랑은 짝사랑으로 끝났다. "흰 나리꽃 향기 맡으며" 한 소녀를 위해 노래를 부르던 소년은 세월이 흘러 교사가 되었다. 박태준이 경남의 한 교사로 근무하던 시절, 동료 교사인 시인 이은상(1903~1982)에게 제 짝사랑 얘기를 털어놓았다. 이은상이 그 이야기를 토대로 시를 쓰고, 박태준이 곡을 붙여 탄생했다.

✳

나의 살던 고향은 꽃 피는 산골
복숭아꽃 살구꽃 아기 진달래

〈고향의 봄〉

고향을 잃은 자는 누구나

누구나 따라 부르기 쉽고 아름다운 노래다. 우리 얼과 정서가 고스란히 살아 숨 쉬는 겨레의 노래라고 할수 있겠다. 바람에 하느작이는 수양버들, 고샅길 담너머 피는 복사꽃과 살구꽃, 오랜 우물과 대숲, 구릉이 있는 고향 정경을 떠올리게 한다. 고향을 오랫동안떠나 먼 곳을 떠돌 때 이 노래를 부르는 동안 우리 영혼은 고향 산천의 순연함을 닮는다.

근대 한국인들은 식민지, 전쟁, 분단, 산업화를 겪는 동안 불가피하게 고향을 떠나 살게 되었다. 가난의 대물림 속에서 신음하던 이들은 눈물을 머금고 탈향의 기획을 세울 수밖에 없었다. 그게 근대를 살아온 한반도인의 피할 수 없는 운명이었다. 많은 사람들이 고향을 등지고 대도시로, 저 만주 벌판으로, 러시아 동토로, 저 바다 건너 낯설고 물선 신대륙으로 떠났다. 열 몇 해 전 쿠바를 찾았을 때 만난 한국인 노인은 한 세기 전 고향을 회상하며 말을 잇지 못했다. 노인은 떠나온 지 너무 오래되어서 모국어조차 더듬거렸다. 그들은 더 나은 삶을 찾아 고향을 떠났지만 모유 수유를 강제로 끊긴 아이와 같이 모국어와 고향의 기억 같은 큰 정서적 자산을 잃었다. 객지를 떠도는 삶이 얼마나 버거웠으랴. 감정이 메말랐을 때 〈고향의 봄〉 한 소절이 입술 사이로 흘러나오면 가슴이 울컥해졌다.

영혼 깊은 곳에 품은 고향의 정경은 세월이 흘러도 퇴색할 줄 모른다. 봄마다 복숭아꽃 살구꽃 아기 진달래꽃이 흐드러지게 피었다. 고향은 천지를 분홍색으로 물들이는 "꽃 피는 산골"이고, "냇가에 수양버들

춤추는 동네"다. 우리 산천 어디에나 흔한 정경이다. 이런 마을에서 지낸 어린 시절은 정서적 충만감과 나날의 보람으로 가득 찬 시간이었다. 은하수가 흐르는 여름밤 하늘엔 얼마나 많은 별들이 우리 머리 위에서 쏟아질 듯 떠 있었던가! 가을밤 대숲은 일렁이는 바람에 사운거렸고, 어둠 속에서 족제비나 오소리 같은 야생 짐승들이 먹잇감을 노리며 돌아다녔다. 개들은 바람 소리에 공연히 컹컹 짖어댔다. 옛고향은 우리의 원초적 장소 경험이 이루어진 우주적 질서가 가지런한 낙원이었다. 고향을 떠나 먼 곳을 헤매며 사는 비로소 우리가 잃어버린 게 행복이란 걸 깨닫는 것이다.

〈고향의 봄〉을 부를 때 그리움은 우리 가슴이 벅차도록 타오른다. 긴 여운이 가슴에 메아리친다. 난민은 아니지만 우리가 고향을 떠나 헤맨 길은 난민이나 다를 바 없이 고달팠다. 고향을 잃은 자는 누구나 난민, 잉여, '실존적 노숙자'들이다. 고향을 잃은 자는 누구나 자기 착취를 하며 살아간다. 마치 몸통을 동그랗게 말고 자기 꼬리를 먹고 사는 뱀같이 제 살을 잘라 먹으며 자멸하는 삶으로 떠밀리는 것이다.

고향을 떠나온 이래 이 노래는 내 정서의 한 부분을 떠받치고 있다. 〈고향의 봄〉을 부를 때면 내 안의 허영과 탐욕이 씻기며 정화되는 기분으로 아득해진다. 존재 쇄신의 느낌과 그 아득함은 고향이 내 존재의 일부이고, 나는 고향의 일부임을 자각하는 데서 온다. 나는 노래의 힘을 믿는다. 노래의 힘은 참된 삶의 바탕에서 우러나오는 진실의 힘이다. 좋은 노래는 항상 거짓과 허언에서 벗어난 진실의 힘으로 단단하다. 온갖 통계 수치를 들이대며 장밋빛 미래를 약속하는 정치가의 공허한 수사보다는 우리가 잊은 것을 되살려내는 소박한 노랫말에 담긴 진실을 더 믿는다.

〈고향의 봄〉

이원수 작시, 홍난파 작곡

〈고향의 봄〉은 이원수가 작사를 하고 홍난파가 작곡한 노래다. 이원수(1911~1981)는 경남 양산에서 태어났다. 1930년 마산 상업학교를 졸업하고, 함안의 가야금융조합에 근무했다. 1945 년 경기공업학교 교사로 재직했다. 1926년 〈고향의 봄〉이 방정환이 펴내는 잡지 《어린이》에 뽑혀 문단에 나왔다. 윤석중 등과 동인을 꾸려 작품 활동을 펼쳤다. 이원수는 〈고향의 봄〉 외에도 숱한 동시를 내놓은 우리나라에서 손꼽히는 아동문학가다. 홍난파(1898~1941)는 경기도 화성에서 태어났다. 어릴 때 교회음악을 접하고 서양음악에 입문했다. 1912년 전문음악기관인 조선정악전습소 성악과에 입학하고, 이어서 조선정악전습소 서양악부 기악과에 들어가 바이올린을 배운 뒤 졸업했다. 세브란스 의학교에 입학하여 의학 공부를 하였으나 음악으로 뜻을 굳히고 1918년 4월 관립 도쿄음악학교(우에노上野음악학교) 예과에 입학해서 수료했다. 〈고향의 봄〉 외에도 〈봉선화〉·〈성불사의 밤〉·〈봄처녀〉·〈조선의 애수〉 등을 남겼다.

✳

끝없는 구름길 어디를 향하고
그대는 가려나

〈가려나〉

이별을 예감하는 자의 슬픔

〈가려나〉는 이별을 예감하는 자의 슬픔이 깃든 노래다. "사랑의 스물은 덧없이 저물고"라는 구절로 미루어볼 때 이 사랑은 첫사랑일 테다. 첫사랑은 이루어지지 않는다. 사랑을 할 때 "기쁨은 빠르고 설움은 끝없"는 것! 그게 사랑의 본질인 것을 알았다면 실연의 상처가 그토록 깊지는 않았을지도 모른다. 사랑의 실패가 남긴 내상內傷은 쉬이 치유되지가 않는다. 그 상처는 시간이 흘러야만 아물 수 있다.

사랑은 이별의 전제 조건이다. 사랑을 시작하고, 이

별은 그 뒤에 이루어진다. "시간을 요구한다는 점을 통해 사랑은 자기 자신을 파괴한다. 사랑은 그 상상에 날개를 달아 주었던 속성들도 해소하고, 이 속성들을 친숙함으로 대체해버린다."* 연인을 화사하게 하던 미와 신비는 퇴색하고, 사랑을 불러일으킨 요소들은 친숙함으로 대체되었다. 연인을 봐도 더 이상 심장이 쿵쾅거리지 않는다. 사랑이 언젠가 떠날 것이라는 예감은 슬프다! 사랑이 깊어질수록 그 불확실한 불안이 자라난다. "가려나"라는 말의 반복에는 당신이 기어코 나를 떠날 것이라는 안타까움에서 비롯한 엷은 슬픔이 개입한다.

이별은 사랑의 대가로 지불하는 비용이다. 사랑은 공짜가 아니다. 그것은 값비싼 대가를 치러야만 하는 행위다. 사랑하는 이들은 여러 가지 이유로 헤어진다. 사랑이 불멸이라는 신화는 낭만주의가 유포한 거짓말 중 하나다. 사랑은 불멸은커녕, 시작하는 순간 이별을

* 니클라스 루만, 정성훈·권기돈·조형준 옮김, 《열정으로서의 사랑》, 새물결, 2009, 115쪽.

향하여 달려 나간다. 사랑에 시작이 있듯이 사랑에는 끝이 있다. 사랑의 촉매가 된 것은 감정의 과도함, 인간의 의지로는 제어할 수 없는 열정의 지속인데, 이것은 언제라도 사랑을 파국으로 이끄는 촉매로 바뀔 수 있다.

어느 순간 불멸로 믿었던 사랑에서 가차 없이 내쳐진다. 사랑에서 튕겨져 나온 자는 새로운 사랑의 먹잇감으로 내던져진다. 이 사랑의 깨어짐은 갑작스러운 게 아니다. 사랑은 항상 끝을 향해 내달린다. "사랑은 짧은 동안만 지속되며, 그 끝은 다른 모든 한계가 없다는 점을 상쇄시켜 버린다. 사랑의 본질 자체, 즉 과도함이 바로 종말의 근거이다."* 사랑을 잃은 자의 마음은 "가없는 바다의 외로운 배처럼" 떠돈다. 이 떠돎에는 방향성이 없다. 이것은 아무런 규칙이 없는 무방향성 방황이다.

사랑의 속성을 잘 드러낸 것은 이 노래의 후반부다.

---

* 위의 책, 111쪽.

유일한 것으로 체험되는 사랑의 날은 "덧없이 저물고", 가야 할 앞길은 "멀"다는 것이다. 앞길이 멀다는 말은 거리가 멀다는 게 아니라 혼자 가야 할 길이 버겁고 험난하다는 뜻이다. 기어코 임이 떠나면 사랑이 주는 기쁨은 사라지고 설움은 끝없을 테다. 임이 부재할 때 현실은 유배지로 바뀐다. 유배지에서의 나날은 긴 불면과 고통으로 채워진다. 그러니 자꾸 "맘만이" 아프다고 해야 하겠지.

〈가려나〉

김안서 작시, 나운영 작곡

〈가려나〉는 김안서의 작시에 나운영이 곡을 붙여 만든 가곡이다. 김안서(1896~?)는 평북 정주 출생으로 오산학교 선생을 지냈다. 김안서는 시인이기도 하지만 오산학교 교사일 때 우리나라의 대표적인 서정시인 김소월을 발굴한 것으로 유명하다. 작곡자 나운영(1922~1993)은 서울에서 태어나 일본 제국고등음악학교에서 음악을 공부했다. 〈가려나〉의 원시는 1924년 동아일보에 필명으로 발표되었다. 나운영이 곡을 붙인 것은 17세 때다. 나운영은 이 곡을 1939년 동아일보 신춘현상공모 작곡 부문에 응모해서 입상했다. 심사위원들에게서 "소년 작곡가의 꿈과 패기가 담긴 작품이란 평"을 받았다.

*

깊어가는 가을밤에 고향 그리워
맑은 하늘 쳐다보며 눈물집니다

〈고향 그리워〉

고향은 영원히 사라진다

　나는 고향을 떠나와 인생 대부분을 도시에서 부박한 삶을 살 수밖에 없었다. 고향에 대한 그리움이 도질 때마다 〈고향 그리워〉 같은 노래를 불렀다. 많은 가곡들이 고향 상실에 따른 슬픔과 그리움을 노래한다. 도대체 고향이 무엇이길래? 고향은 우리 실존의 토대가 만들어진 원초적 장소다. 고향 산천의 바람과 물, 산과 하천들 속에서 우리 감성이 빚어지고, 인격의 성분들이 굳어진다. 고향이 자기 정체성이 빚어지는 근본 바탕이라는 점에서 고향과 '나'는 하나의 유기체다. 실향민으로 떠돌 때 '나'를 이루는 한 부분이 떨어져 나감으로써 분리가 발생한다. 실향민 대부분은 상실감 속에서 고독과 소외를 겪는다. 향수병은 분리 불안과 멜랑콜리가 합쳐져서 빚는 낭만적 질병이다. 실향민은 삶의 피로와 수고 속에서 불가피하게 '나는 누구이며, 또 어디에서 와서 어디로 가는가?' 하는 자기 정체성에 대한 물음과 마주친다.

"어린 몸이 자라나던" 고향은 우리가 동심童心을 키운 곳이다. "산꿩이 알을 품고/뻐꾸기 제철에 울"(정지용, 〈고향〉)던 고향은 멀다. 고향에서 보낸 삶은 고요와 평화, 아스라한 행복한 빛에 감싸여 있다. 대개 어린 시절 기억이 감미로운 것은 그 때문이다. 〈고향 그리워〉는 소박한 노래다. 고향을 떠나온 자의 애상을 4분의 4박자의 밝은 분위기에 담아냈다. 고향은 멀리 있고, 돌아갈 날은 기약할 수가 없이 아득하다. 가을 밤에 고향을 그리워하며 하늘을 쳐다보며 슬픔에 젖는 것은 드문 일이 아니다. 고향이라는 모태 공간에서 떨어져 나온 자의 어찌할 수 없는 서글픔이다.

고향에서 지낸 시간은 우리 무의식에서 행복의 한 원형으로 굳어진다. 고향에서 멀어질수록 삶은 삭막해지고 마음은 불행감에 감싸인다. "고향은 영원하나, 도시는 신기루에 불과하다."* 실향민들은 마음의 정처를 잃고 떠돈다는 점에서 난민이고, 디아스포라다. 모천회귀하는 연어와 같이 실향민들이 고향 회귀를 중요한 실존 기획으로 삼은 것은 본능에 속한다. 고향으로 돌아가려는 것은 실낙원失樂園에 따른 마음의 반동이다. 잃어버린 행복을 되찾으려는 무의식의 몸짓, 철학적으로 보자면 '본래적인 것으로의 복귀'이다. 하지만 한 번 떠난 고향은 영원히 사라진다. 정지용은 이런 사정을 꿰뚫어 보고 이렇게 썼다. "고향에 고향에 돌아와도 / 그리던 고향은 아니러뇨." 지리적 장소로의 고향은 있을지 모르지만 우리 마음속 영원한 고향은 더 이상 어디에도 존재하지 않는다.

---

* 전광식, 《고향》, 문학과지성사, 1999, 94쪽.

〈고향 그리워〉

만향 작시, 이흥렬 작곡

〈고향 그리워〉는 만향의 가사에 이흥렬이 곡을 붙였다. 1934
년에 나온 이흥렬 가곡집《바우고개》에 실려 세상에 알려졌다.
해방 이후 중·고등학교 음악 교과서에 실리면서 널리 애창되
었다. 작곡자 이흥렬(1909~1980)은 함경남도 원산에서 태어났
다. 일본 동양음악학교에서 피아노를 전공하고 1931년 귀국
하여 원산의 광명보통학교에서 교편을 잡았다. 해방 뒤 서라
벌예술대학 교수와 고려대학교 강사를 거쳐 숙명여자대학교
음악대학 교수로 재직했다. 〈봄이 오면〉·〈바위 고개〉·〈자장
가〉 등을 포함해 많은 가곡들을 작곡했다.

✷

머언 부엉이 울음 끊이잖는
나의 옛 고향은 그 어디런가

〈망향〉

고향앓이

인간의 불행은 자기의 땅과 집이 있는 고향을 떠나는 순간 시작되는지도 모른다. 고향의 대척지인 타향은 낯섦과 이질성의 불행이 들끓는 장소다. 타향을 벗어나 고향을 찾으려는 인간의 꿈은 그 뿌리가 깊다. 그 꿈은 오디세우스의 신화에서도 찾아볼 수 있는데, 오디세우스는 불굴의 의지로 온갖 역경과 풍파를 견디고 마침내 고향 이타카로 돌아온다. 오디세우스는 왜 그토록 고향으로 돌아오고자 했을까? 오디세우스는 "고향을 떠나서는 아무리 호화스러운 집에 산다고 하더라도, 고향 산천, 부모 형제만큼 좋지 못한 것이었다"라고 고백한다.

〈망향〉을 꿰뚫는 정서는 고향 상실자의 그리움이다. 고향은 "철따라 핀 진달래 산을 덮고/머언 부엉이 울음 끊이잖는" 곳이자 "내 맘속에 사는 이"가 나를 기다리고 있는 곳이다. 진달래와 부엉이는 낯익은 고향의 정서적 기표들이다. 마치 닻을 내리듯이 우리 실존을 땅이라는 토대 위에 붙들어 매는 게 고향에서의 정주다. 의심할 바 없이 크고 작은 물길, 바위와 둔덕, 갖가지 초목과 짐승을 품는 땅은 정주의 기반이다. 예전에 "흙에 살리라"라는 가요도 있었다. 흙은 곧 고향에 대한 제유다. 그 가요는 고향에 살고 싶다는 열망을 노래한다. 철학자 하이데거는 땅을 "지으며 떠받치는 자, 기르며 열매 맺는 자"라고 정의한다.* 사람 역시 고향이 기르며 열매 맺는 것들 중 하나다. 나를 궁핍한 시간에서 벗어나게 하며 보호와 피신처가 되리

---

* 하이데거. 여기서는 한병철, 김태환 옮김, 《시간의 향기》, 문학과지성사, 2013, 117쪽에서 재인용.

라는 굳건한 믿음이 있는 한에서 고향은 세계에 대한 근본적 신뢰의 바탕을 이룬다. 그렇다. 고향은 불안이 가속화하는 세계에 아무 방비도 없이 내동댕이쳐진 존재를 아무 조건 없이 품는다.

타향을 떠돌며 애타는 그리움으로 고향앓이를 할 때 우리의 눈은 촉촉하게 젖는다. 고향이 돌아가야 할 정주의 땅이고, 회복해야 할 행복의 원천이지만, 그것이 가망 없는 꿈으로 변했기 때문이다. 〈망향〉에서는 고향이 "어디런가" 하고 묻는다. 떠나온 지 오래된 탓에 고향의 기억이 흐릿해진 탓이다. 기억만 퇴색한 게 아니라 돌아갈 기대도 불확실하다. 〈망향〉이 자아내는 쓸쓸함은 의미의 시간들로 충만한 고향으로 돌아가리라는 기대의 좌절과 난망함 때문이다.

〈망향〉

박화목 작시, 채동선 작곡

〈망향〉은 본디 정지용의 시 〈고향〉에 채동선이 곡을 붙인 가곡이다. 1933년 《채동선 가곡집》에 실려 있었다. 그런데 정지용의 시가 납북문인 작품 출간 금지 규정에 따라 쓸 수 없게 되자 가사가 박화목의 시 〈망향〉으로 바뀌었다. 뒷날 작곡자 채동선의 유족이 이은상 시인에게 다시 가사를 의뢰해서 〈그리워〉가 나왔다. 정지용 시가 해금되자 애초의 〈고향〉도 원상회복했다. 그런 연유로 〈고향〉과 〈망향〉과 〈그리워〉는 가사는 다르지만 한 곡으로 불리게 된 것이다. 세 곡 모두 중·고등학교 음악 교과서에 실려 있다.

✳

바위 고개 언덕을 혼자 넘자니
옛님이 그리워 눈물 납니다

〈바위 고개〉

그 서러움에는 분명한 까닭이 있다

바위 고개는 멋질 게 없는 우리의 고향 경관의 일부다. 바위가 있는 언덕은 어느 동네나 하나씩 있음 직한 곳이다. 그런 밋밋한 장소도 그리움과 추억이 덧씌워지면 애틋한 곳으로 변한다. 고향은 자연적 지형이나 지리적 장소의 영역을 넘어선다. 고향이 평화스런 체류 속에서 제 영혼이 빚어진 장소라고 할 때 그것은 우리 무의식에 새겨진 존재의 근거이자 영혼의 구심점이다. 고향으로의 회귀는 곧 자기 근원으로의 회귀이다. 아무리 먼 곳을 헤매더라도 기어코 고향으로 돌아오고자 애쓰는 것도 그런 연유에서다.

진달래꽃이 지천으로 피는 '바위 고개'에 얽힌 전설이 있다. 낙동강 줄기를 굽어보는 언덕에 잘생긴 바위 하나가 서 있었다. 이 바위 속에 하늘이 점지해 나라를 일으켜 세울 장수 한 사람을 키우고 있었다고 한다. 일본 헌병이 칼로 바위 한가운데를 내려치자 피가 솟았다. 우레가 치고 장대비가 쏟아지며 바위가 서 있던 고개가 반으로 갈라졌다. 그 속에서 가슴에 칼을 맞아 피를 흘리며 죽어가는 아기장수가 나왔다. 아기장수는 죽고 피는 고개와 바위를 물들이며 낙동강으로 흘러갔다. 이듬해 봄이 되자 아기장수 피로 물든 자리마다 붉은 진달래꽃이 피어났다고 한다.

이 노래의 주인공은 고향을 떠났다가 다시 '바위 고개'가 있는 고향을 찾는다. "바위 고개 언덕을 혼자 넘자니/옛님이 그리워 눈물 납니다." 기대와 설렘을 안고 고향을 찾았건만 그 옛날의 임은 어디론가 떠나고 자취도 없다. 임이 없는 고향은 이미 고향이 아니다. 임은 마음에 품어 사모한 존재를 넘어서서 삶의 보람이자 기쁨의 전부였다. 그 임이 없다는 것은 더 이상 삶의 보람과 기쁨도 없다는 것이다.

"옛님"을 향한 그리움은 울분이 섞인 서러움으로 변한다. 그 서러움에는 분명한 까닭이 있다. 그 까닭을 "십여 년간 머슴살이 하도 서러워"라는 고백에서 미루어 짐작할 수 있다. 머슴은 남의 집에 매여 사는 비천한 일꾼이다. 지금은 사라졌지만 옛날 농촌에는 머슴살이가 드물지 않았다. "옛님"을 그리워하며 머슴살이를 견뎠는데, 막상 와 보니 고향에는 그 임이 사라지고 없었다. 그 낙담이 얼마나 컸을까. 노랫말을 쓴 작사자는 일제 강점기 시절 나라를 잃고 속박과 핍박 속에서 착취당한 우리 민족을 "십여 년간 머슴살이"로 에둘러 표현했다고 말한다.

〈바위 고개〉

이서향 작시, 이흥렬 작곡

〈바위 고개〉는 이서향 작시에 이흥렬이 곡을 붙여 완성했다. 음악 교과서에 실린 노래다. 노래는 3절이고, 8분의 6박자로 느린 리듬으로 펼쳐지는 서정 가곡이다. 중저음의 음역대를 가진 목소리에 잘 어울리는 노래다. 1934년경에 만들어졌다. "1930년도 초창기 한국예술가곡의 정형"이라는 평가를 받아 왔다. 한동안 작사자와 작곡자의 이름이 이흥렬로 표기되었다. 작사자 이서향이 월북해서 이름을 밝힐 수 없었던 탓이다. 이서향(1915~?)은 함경남도 원산에 태어났다. 일본 니혼대日本大에 유학을 가서 예술학과를 졸업한 뒤 우리나라에 돌아와 빼어난 극작가 겸 연출가로 활동하다가 월북했다. 〈바위 고개〉는 그가 중학교 2학년 때 지은 시인데, 동향인 작곡가 이흥렬이 곡을 붙였다.

이흥렬에게 자주 "이 바위 고개가 어디에 있는가?"라는 질문이 쏟아졌다. 그때마다 이흥렬은 바위 고개가 특정한 지명이 아니라 상상 속의 장소라고 대답했다.

✳

내 고향 남쪽 바다
그 파란 물 눈에 보이네
꿈엔들 잊으리요
잔잔한 고향바다

〈가고파〉

본래적인 자리로 되돌리는 일

　내 고향은 한반도 내륙이다. 그런 까닭에 나는 바다를 보지 못한 채 어린 시절을 보냈다. 평면으로 뻗어 나간 푸른 들이 내 고향에 대한 첫 기억이다. 수평으로 뻗은 들은 드넓었다. 들의 끝에 병풍처럼 두르고 선 산들. 늘 바다를 끼고 있는 고장에서 자란 벗들을 부러워했다. 바다는 저 멀리 있는 곳, 현실 너머 고장에나 있는 그 무엇이다. 바다의 결핍이 내 실존적 정서의 한 부분을 이룬다. 그랬건만 "내 고향 남쪽 바다 그 파란 물 눈에 보이네"라고 시작하는 이 가곡은 내 정서의 한 부분을 자극했다. 근대 이후 많은 한국인들이 고향을 떠나 객지에서 고생한 탓에 〈가고파〉와 같이 향수를 자극하는 가곡이 널리 사랑을 받았다.

고향을 그리는 마음, 즉 향수鄕愁는 근원적 정서다. 그 뿌리는 어린 시절 고향에서 보낸 기억이다. 그것은 고달픈 현재적 삶에 대한 환상적 대안이고, 험한 세월을 건너는 우리의 피난처 역할을 한다. 영국의 사학자 데이비드 로웬탈은 이렇게 말한다. "향수는 받아들일 수 없는 현재에 대한 대안으로 이용된다. 오늘 없어서 아쉬워하는 것을 어제에서 발견한다. 그리고 어제는 우리의 책임에서 벗어난 시간이다"라고. 향수의 사회학에서는 항상 오늘보다 어제를 더 행복한 기억으로 남긴다. 사실을 말하자면 그것은 뇌가 만든 윤색된 기억이다. 어쨌든 많은 사람들이 오늘의 삶이 곤핍할수록 과거에 매달리는 것은 그 때문이다.

세상에는 많은 바다들이 있다. 어부의 바다, 해녀의 바다, 해적의 바다, 포경선의 바다, 쇄빙선의 바다, 콜럼버스의 바다, 청새치의 바다, 밀항의 바다, 폭풍우

이는 바다, 잠잠한 바다, 그리고 '가고파'의 바다! '가고파'의 바다는 언제나 그리운 고향 바다다. '가고파'의 바다는 동무들과 아무 걱정도 근심도 없이 맘껏 뛰놀던 장소, 저마다 마음에 "색동옷 입혀 웃고 웃고 지내"던 "눈물 없던 때"의 바다다. 이 노래의 주인공이 그때를 희구하며 끊임없이 찾아가고파 하는 것은 지금 현재의 삶이 어린 시절 누린 것을 다 잃은 까닭이다. 어느덧 고향 동무들도 나이가 들었다. "처녀들 어미 되고 동자들 아비 된 사이" 우리는 어린 날의 기쁨과 행복을 다 잃는다.

〈가고파〉의 바탕 정서는 고향 상실자의 외로운 마음이다. 외로움은 고향 상실과 소외에서 빚어진 불가피한 감정이다. 그 외로움에서 벗어나는 길은 고향으로의 회귀이다. "옛동무 노젓는 배에 얻어 올라 키를 잡고/한 바다 물을 따라 나명들명 살까나." 고향으로의 회귀는 모든 흩어진 것을 본래적인 자리로 되돌리는 일이다. 그럴 때 삶의 보람과 기쁨도 커질 것이다.

〈가고파〉

이은상 작시, 김동진 작곡

〈가고파〉는 이은상 작시에 김동진이 곡을 붙인 가곡이다. 10절의 가사가 통절형식으로 이루어진 곡이다. 이은상은 경남 마산에서 태어나고 자랐다. 1932년에 마산 앞바다 합포만을 회상하며 이 시를 썼다. 연희전문 문과에 입학했다가 중퇴하고, 1925년 일본으로 건너가 와세다대학 사학과에서 수학했다. 1922년《조선문단》을 통해 시조 〈아버님을 여의고〉·〈꿈 깬 뒤〉 등을 내놓고 등단했다. 한때 자유시를 창작하다가 1926년 이후 시조부흥 운동의 영향으로 시조 시인으로 전향했다. 1930년대 이후 이병기와 더불어 우리나라 대표적 시조 시인으로 꼽힌다. 김동진(1913~2009)은 평양 숭실전문대에 다니던 1933년에 이 시를 처음 접하고 악상이 떠올라 단숨에 4장까지 작곡했다. 마흔 해가 지난 1973년에 남은 6장의 작곡을 마무리했다.

1984년 한 방송사의 조사에서 〈가고파〉는 한국인이 가장 사랑하는 우리 가곡으로 뽑혔다.

탈대로 다 타시오
타다 말진 부디 마소

〈사랑〉

완전 연소의 사랑

그해 가을 마가목 열매가 유난히도 빨갛게 익어 아름다웠다. 동네 텃밭에는 까만 씨앗이 촘촘히 박힌 꽃판의 무게를 이기지 못한 해바라기가 고개를 기우뚱한 채 서 있었다. 그 옆에 서 있는 마른 옥수수 대는 바람이 불 때마다 서걱거렸다. 나는 반듯하고 하얀 이마 아래 검은 눈썹을 가진 애인과 헤어졌다. 애인은 딸기와 커피 우유를 좋아하고, 영작英作과 브론테 자매와 프랑소와즈 사강을 좋아했다. 흑단 같은 머리에서 미나리 향 같은 샴푸 향이 나던 애인이 나를 떠났다. 내가 삼나무 같은 신의를 저버리고 허튼 거짓말을 했던 게 들통이 났기 때문이다.

가을이 왔다. 은행나무들이 도립한 거리에 군밤 장수들이 나타났다. 하천에는 누가 내다 버렸는지 개의 사체가 방치되어 썩어가고, 베트남전 참전군인들은 고엽제 후유증을 앓았으며, 파고다공원 뒷담 아래에는 노인네들이 나와서 훈수 장기를 두었다. 상고를 나와 은행에서 근무하며 야간대학을 다니던 친구의 형이 사법고시 1차 시험에 붙고, 동네에서 마트를 하던 여자는 외간 남자와 바람이 나서 곗돈을 들고 야반도주했다. 사람들이 풍문을 수군거리는 동안 겨울이 왔다. 나는 장롱에서 동내의를 꺼내 입고 시립도서관을 다니며 니체와 바슐라르와 하이데거 책을 찾아 읽으며 파란 노트에 서정시를 써나갔다. 시립도서관 창문에 성에가 끼었다. 나는 시가 잘 되지 않는 날엔 공연히 시립도서관 창가를 서성거렸다.

사랑은 타오르는 것이고, 타오르다 마는 것은 사랑이 아니라는 가곡을 처음 들었다. 〈사랑〉의 곡조와 가사가 내 마음에 오래 남았다. 북녘 찬 하늘에는 서릿발 묻은 발을 날개 아래에 모으고 기러기 떼가 날았다. 수도꼭지를 틀면 콸콸 나오는 수돗물에서는 쇳내가 났다. 내 오른쪽 중지 끝마디에는 만년필에서 흘러내린 파란 잉크가 묻어 있었다. 그해가 끝날 때까지 나는 아무것도 이루지 못했다. 나는 대학 영문과의 입학생도 되지 못했고, 동해안 포구의 오징어잡이 배를 타고 먼 바다로 나가 밀항도 하지 못했다.

"탈대로 다 타시오/타다 말진 부디 마소"라는 구절은 사랑의 이상이 완전 연소라는 암시를 담고 있다. 몸과 마음을 다 불사르며 사랑하는 것, 이것은 반이성적 미친 상태라야만 가능한 일이다. 이것은 고른 숨결의 사랑에서 나오는 힘이 아니라 반쯤은 얼이 빠졌거나 미친 상태에서 뻗치는 열광의 힘이다. 열광이 사랑의 한 성분인 것은 맞다. 내게는 그런 열광이 부족했던 것일까? 다 타버리고 재만 남은 사랑은 더 이상 변치 않는다. 변심할 마음 한 줌조차 다 타버렸기 때문이다. 반만 타고 꺼지는 사랑일랑 아예 시작조차 말아야 옳다. 세상에 쓸모없는 게 다 태우지 못하고 중도에서 작파한 사랑이다. 그러니 반만 타고 꺼지는 사랑은 시작을 하지도 말자. 사랑을 하려거든 자기를 다 불살라야 할 일이다. 그 연소는 제 몸과 마음은 물론이고, 제 안의 근심과 불안과 욕망을 다 태우는 일이다. 가슴팍에 한 줌 재만 남을 때까지 다 태우고 꺼져야 하리.

〈사랑〉

이은상 작시, 홍난파 작곡

〈사랑〉은 1932년에 나온 《노산 시조집》에 실린 시조 중 하나다. 이은상은 창작 배경을 이렇게 밝힌 바 있다. "1931년 섣달 그믐, 이날 나는 친구와 마주 앉아 시론詩論에 관해 오랜 시간 서로의 생각을 주고받았다. 우리들은 문득 '세월의 덧없음'을 이야기하면서 이어 '청춘과 사랑'을 말하였다. 친구는 '사랑은 타는 것'이라고 하였으나 나는 '사람의 마음이 끝까지 타지 못하니 안타깝다'고 하였다." 그러니까 사랑은 타는 것인데, 사람의 마음이 끝까지 다 타지 못하는 안타까움 때문에 이 시조를 썼다는 말이다.

＊

오가며 그 집 앞을 지나노라면
그리워 나도 몰래 발이 머물고

〈그 집 앞〉

불쑥 옛 생각이

마음이 호젓할 때마다 부른 노래다. 평이하고 단조로운 곡조, 바리톤이 잘 어울리는 낮은 음역대의 노래다. 노래의 첫 소절만으로도 충분히 가슴 깊은 곳을 두드린다. 이 노래를 배우던 시절 나는 한동네에 사는 여학생을 짝사랑했다. 나는 한국문학전집과 고갱과 수채화 물감과 경복궁과 혼자 있는 것과 바른 규칙들을 사랑하는 아이였다. 다른 한편으로 낯을 많이 가려 타인과 말을 나누는 것이 무척 힘들었다. 등하교 길에 그 여학생을 마주치면 얼굴이 홧홧하게 달아올랐다.

그 여학생을 혼자 좋아할 뿐 차마 좋아한다는 말을 하지 못했다. 학교에서 돌아와 방에서 영어 교과서를 외우다가 창문을 연 채로 〈그 집 앞〉을 목청껏 소리를 높여 불렀다.

"오가며 그 집 앞을 지나노라면 / 그리워 나도 몰래 발이 머물고"는 누군가 내 마음을 엿보고 쓴 구절 같다. 말로써 드러낸 바가 없는 숨은 마음이 드러나 있다. 그래서 더 마음을 콕 찌르며 다가오는 것이리라. 사춘기 소년은 운모가 반짝이는 돌을 품은 듯 그 여학생을 짝사랑했다. 혹시나 그 여학생과 마주칠까 기대를 하며 여학생의 집 앞을 서성거렸다. 막상 그 여학생이 등 뒤에서 다가오는 기척을 듣고 소스라치게 놀라 도망쳤다. 내 첫 번째 짝사랑에 관한 추억의 전부다.

추억은 상징 자본이다. 딱히 써먹을 데는 없지만 추억이 많은 자는 그것이 없는 사람보다 정서적으로 풍요로운 삶을 누린다고 생각한다. 추억 속에서 꽤 오랫동안 내 짝사랑의 대상인 그 여학생을 그리워했다. 그리움이란 결핍의 대상을 이상화하는 가운데 생겨나는 애틋한 마음이다. 없는 대상을 품어 안으면 그게 슬픔의 촉매가 되어 그리움으로 발효한다. 그리움, 반이 슬픔으로 인해 젖어버린 책! 내 인생이란 책은 이미 젖어서 더 이상 읽을 수가 없었다.

세월이 흐른 뒤 우리가 살았던 옛 동네를 찾았는데 그 동네가 너무 많이 변해서 놀랐다. 그 여학생의 집이 있던 자리를 도무지 찾을 수가 없다. 나와 그 여학생이 살던 동네는 도시 재개발로 간데없이 사라졌다. 우리는 각자의 운명에 따라 서로 먼 곳으로 떠났다. 그 여학생은 초등학교 교사가 되었을까, 아니면 먼 나라로 이민이라도 떠났을까. 나는 그 여학생의 행적에 대해 아무것도 알지 못한다. 세월이 흘렀어도 "오늘도 비 내리는 가을 저녁을 / 외로이 이 집 앞을 지나는 마음"은 어렴풋이 알 듯하다. 사는 데 휘둘려서 이 노래를 잊고 살았다. 지금도 입술 달싹이며 낮은 목소리로 이 노래를 흥얼거리니 불쑥 옛 생각과 더불어 그리움이 도진다. 나는 충분히 오래 살았다.

〈그 집 앞〉

이은상 작시, 현제명 작곡

〈그 집 앞〉은 이은상의 작시에 현제명이 곡을 붙였다. 이은상
은 우리나라의 대표적인 시조 시인이다. 이은상은 마산에서
태어나, 연희전문 문과를 나와 일본 와세다 대학에서 유학했
다. 이화여대에서 교수를 하며 시조 시인으로 활동했다. 〈그
집 앞〉은 1933년에 간행된 《현제명 작곡집》 제2집에 실려 있
다. 현제명(1902~1960)은 경북 대구에서 태어났다. 대구 계성
학교를 거쳐 평양 숭실전문학교를 다녔다. 이 무렵 성악과 피
아노에 뜻을 두었다. 전주 신흥학교에서 음악 교사를 하다가
미국 유학을 다녀와 연희전문에서 음악을 가르쳤다. 1933년에
우리나라에서 첫 작곡 발표회를 갖고, 조선음악가협회 창설을
주도하는 등 활동을 펼쳤다. 하지만 일제강점기 동안 태평양
전쟁에 대한 결전결의를 북돋는 국민개창운동과 일본국민가
요 보급에 나서는 친일 행적으로 논란의 대상이 되었다.

✳

나는 그대의 흰 그림자를 안고
옥같이 그대의 뱃전에 부서지리다

〈내 마음〉

부서지고, 타오르며, 머무르고, 떠나는

사람은 마음을 갖고 살아가는 존재다. 마음이 있기에 누군가를 사랑하거나 미워할 수도 있다. 이 마음에서 생각, 감정, 신념이 나오고, 우리의 사람다움도 마음에 의해 빚어지는 것이다. 사랑은 마음에서 촉발되는 중요한 실존 사건 중 하나다. 그것은 마음에 기쁨, 불안, 설렘, 기대, 절망을 안겨주는 사건이다. 더러는 사랑으로 인해 운명의 변곡점이 생기기도 한다. 마음은 우리가 계획하고 실행하는 모든 일에 작용한다는 뜻에서 운명의 주인이다. 마음이 내 주인인지, 아니면 내가 마음의 주인인지 단정 짓기는 어렵다.

이제까지 마음을 연구한 학자들의 의견에 따르면, 마음은 욕망과 충동의 자리이고, 백일몽이 들끓는 장소이며, 만물에 대한 일체의 깨우침과 진리의 바탕이다. 우리에게 마음이 없다면 무정물과 다를 바 없을 테다. 우리가 삶이라고 부르는 것은 마음이 일으킨 사건과 그 파장 모두를 아우르는 그 무엇이다. 마음이 삶을 빚는다면 마음은 우리 삶의 창조와 입법에 관여하는 기관이라고 할 수도 있겠다. 사람은 저마다 자기마음을 지니고 산다. 내 마음과 네 마음이 다르니, 마음은 개별적 주체성이 발현하는 근거다.

몸이 펼쳐진 책이라면 마음은 숨어 있는 책이다. 마음은 어디에 숨어 있는가? 마음은 팔꿈치 아래, 무릎속, 심장과 피, 오장육부, 머리칼 속에 숨어 있다. 마음은 모든 곳에 있고, 동시에 아무 곳에도 있지 않다. 몸과 마음은 심신상관체心身相關體, 즉 하나다. 마음이 몸을 낳고, 몸은 마음을 낳는다. 숨은 마음이 외부로 드러나는 것은 이것이 현실과 관여될 때다. "마음은 전

체적인 현실의 일부다. 그것은 현실과 더불어 돌아가면서, 현실을 만들어내고 또 거꾸로 현실에 의하여 결정된다."*

〈내 마음〉은 사랑의 마술이 마음을 어떻게 쥐락펴락하며 변화시키는가를 말한다. 사랑은 마음을 물〔호수〕로, 불〔촛불〕로 변하게 한다. 마음이 호수로 변하고 "그대의 흰 그림자를 안고 / 옥같이 그대의 뱃전에 부서"진다고 말할 때, 또는 마음이 촛불로 변하고 "그대의 비단 옷자락에 떨며 / 고요히 최후의 한 방울도 남김없이 타오리다"라고 할 때, 사랑은 마음에 감응하여 자유자재로 변한다. 마음은 호수가 되었다가 촛불이 되고, 나그네가 되었다가 낙엽으로 바뀐다. 마음은 부서지고, 타오르며, 머무르고, 떠나는 것이다.

---

* 김우창, 《깊은 마음의 생태학》, 김영사, 2014, 454쪽.

〈내 마음〉

김동명 작시, 김동진 작곡

〈내 마음〉은 1938년에 나온 김동명 시집 《파초》에 실려 있는 시다. 작곡가 김동진은 1940년 만주 신경이 머물 때 남호南湖라는 호숫가를 즐겨 산책하며 이 시를 외우곤 했다. 어느 날 출근길에 이 곡의 멜로디가 떠올라 사무실에 도착하자마자 오선지를 찾아 곡을 완성했다. 김동진은 그 경위를 이렇게 고백한다. "김동명 선생은 소학교 시절 은사였다. 자유로우면서도 리듬이 있고 서정적이면서도 강렬한 멋이 있는 시에 나는 꼭 곡을 붙이고 싶었다. 당시 만주의 신경이라는 데는 유명한 남호라는 호수가 있었는데 날마다 그 호숫가를 산책하며 이 곡의 멜로디를 얻으려고 애썼지만 좀처럼 악상이 떠오르지 않았다. 어느 날 아침 출근길에 '내 마음은 호수요 그대 노저어 오오'의 선율이 떠올랐고 나는 잊어버릴세라 입속으로 중얼대며 연습장으로 달려왔다."

✳

그대는 차디찬 의지의 날개로
끝없는 고독의 위를 나르는
애달픈 마음

〈수선화〉

절대적 부동성에 사로잡힌 넋

식물의 세계는 고요와 인고로 이루어진 듯 보인다. 그러나 식물의 세계를 유심히 들여다 본 적이 있다면 그게 얼마나 피상적인 관찰인가를 금세 깨달을 수 있다. 식물은 한번 뿌리를 내린 장소를 떠나지 못한다. 스스로는 한 걸음도 움직일 수 없음, 그 절대적 부동성이라는 한계에 갇혀서도 그 숙명에서 벗어나고자 하는 불굴의 용기를 포기하지 않는다. 식물은 바람이나 새들을 이용해서 제 씨앗을 널리 퍼뜨린다. "그토록 평화롭고 다소곳해서 모든 것이 인고요, 침묵이요,

복종이요, 묵상으로 보이는 이 식물의 세계는, 그러나 사실은 숙명에 대한 저항이 가장 강렬하고 집요하게 펼쳐지는 곳"*이다. 주변 환경에 맞선 식물의 투쟁, 그 불굴의 의지와 그 늠름함은 감탄이 절로 나올 만큼 놀랍다.

'수선화'는 겨울의 추위를 견뎌내고 꽃을 피운다. 뿌리는 땅속에서 수액을 만들어 줄기로 올리고, 향일성인 줄기는 일념으로 아래로 끌어내리는 숙명과 싸우며 하늘로 솟구치는 운동을 멈추지 않는다. 수선화는 극한 시련을 견디면서 줄기에 숨은 꽃의 광채를 밖으로 밀어내는 겸허한 노동을 멈추지 않는다. 이렇듯 하나의 식물이 꽃을 피우고 열매를 맺는 과정은 지난한 일이다. 수선화의 의지와 절개를 꺾지 않는 꿋꿋함은 찬사를 받을 만하다. "그대는 차디찬 의지의 날개로/끝없는 고독의 위를 나르는 애달픈 마음"이라는 구절은 겨울 추위에도 얼어 죽지 않고 꽃을 피우는 수

---

* 모리스 마테를링크, 성귀수 옮김, 《꽃의 지혜》, 아르테, 2017, 19쪽.

선화의 꿋꿋한 의지와 무서운 생존력에 대한 감탄에서 나왔을 것이다.

〈수선화〉는 겨울의 서늘함과 함께 작은 존재를 향한 애달픔을 품은 노래다. 그 곡조가 다소 무겁고 비장한 것은 수선화라는 절대적 부동성에 사로잡힌 그 "가여운 넋", "찬바람에 쓸쓸히 웃는 적막한 얼굴"로 치르는 숙명과의 싸움이 목숨을 건 까닭이기 때문이다. 수선화는 마음, 넋, 얼굴, 소곡, 애인 등의 은유를 입고 풍부한 이미지로 되살아나며 "신의 창작집 속에서 / 가장 아름답게 빛나는 불멸의 소곡"이라는 찬사를 받는다. 수선화가 중력의 악령과의 일전도 불사하면서 "오로지 하나의 의지로, 아래로 끌어내리는 숙명에서 벗어나 위로 솟아오르는 일에 자신의 모든 것"을 걸기 때문이다.* 시인에 따르면, 수선화는 죽었다 다시 살고, 또다시 죽는 "가여운 넋"이다. 그 넋은 가엾지만 아주 가엾지만은 않다. 수선화가 어리고 나약하기만

---

* 위의 책, 20쪽.

한 존재가 아니라 죽음을 떨치고 거듭 소생하는 불멸의 꽃이고, "부칠 곳 없는 정열"을 가슴에 깊이 감추고 있는 까닭이다. 그랬으니 수선화를 향한 연민과 사랑을 감추지 않고 "나의 작은 애인"이라고 불렀을 것이다. 수선화가 일제강점기 조선을 상징한다고 비약할 수도 있겠다. 하지만 수선화에 그런 무거운 의미의 상징을 덧씌우지 않아도 충분히 감동받을 만큼 아름다운 가곡이다.

〈수선화〉

김동명 작시, 김동진 작곡

시인 김동명(1900~1968)은 강원도 강릉에서 태어났다. 〈수선화〉는 1936년에 나온 시집 《파초》에 실린 작품이다. 작곡가 김동진이 곡을 붙인 것은 1941년이다. 김동진은 〈수선화〉를 읽고 바로 피아노를 치면서 이 곡을 쓴 것으로 알려졌다. 김동진은 평안남도 안주 출생으로 만주 신경교향악단의 바이올리니스트로 활동한 사람이다. 〈가고파〉·〈봄이 오면〉·〈산유화〉·〈못 잊어〉·〈목련화〉 등 아름다운 가곡을 작곡한 사람이다. 〈수선화〉가 나온 지 어느덧 여든 해나 되었지만 고등학교 음악교과서에도 실려 대중의 사랑을 받고 있다.

✳

떡갈나무 숲속에 졸졸졸 흐르는
아무도 모르는 샘물이길래

〈아무도 모르라고〉

존재의 고요함

"사람이 비밀이 없다는 것은 재산 없는 것처럼 가난하고 허전한 일이다"라고, 이상은 단편 〈실화失花〉에서 썼다. 가곡 〈아무도 모르라고〉를 들을 때마다 떠오르는 문장이다. 우리는 저마다 크고 작은 비밀을 간직한 채 살아간다. 비밀은 착함도 아니고 악덕도 아니다. 다만 어떤 비밀은 존재에게 심연을 만들기도 하는 법이다. 어느 날 시인은 산에 올랐다가 "떡갈나무 숲속에 졸졸졸 흐르는 아무도 모르는 샘물"을 찾았나보다. 그것을 자기 혼자만의 비밀로 간직하고 싶어서 아무도 모르게 나뭇가지들로 덮어놓고 내려왔나 보다.

떡갈나무 숲속에 숨은 '옹달샘'은 목마른 산속 동물이 찾아오는 오아시스다. 밤에는 달이 낯을 씻으러 오고, 저녁 무렵엔 노루가 목을 축이러 올지도 모른다. 달도, 동물도, 사람도 다 '옹달샘'에 기대어 기쁨을 누리는 것이다. 또 다른 한편으로 '옹달샘'은 세상으로부터 숨어 있기를 좋아하는 존재의 표상일 테다. 인간이 산다는 것은 끊임없이 자기를 과시하고, 혹은 자기 욕망을 세상에 드러내는 일이다. 더러는 드러내는 일을 좋아하지 않는 사람도 있다. "아무도 모르라고" 숨어 사는 것, 즉 세상을 관조하는 태도는 자기 낮춤 속에서 나온다. "있는 듯 없는 듯 남들 눈에 띄지 않는 투명한 입장이 당신을 새로운 경험으로 이끈다. 전능함에 대한 환상, 내가 없으면 안 된다는 환상, 만인과 각자를 책임진다는 환상을 내려놓게 되는 것이다."* 자기 드러내지 않기의 극단은 "태어나지 않는 것"이

* 피에르 자위, 이세진 옮김, 《드러내지 않기 혹은 사라짐의 기술》, 위고, 2017, 13쪽.

겠지만, 이미 세상의 빛을 봐버린 사람에게는 돌이킬 수 없는 꿈이다.

〈아무도 모르라고〉는 혼자만의 비밀을 가진 기쁨을 노래한 소품이다. 선율은 단순하고 소박하다. 떡갈나무 숲속에 숨은 '옹달샘'은 자기가 세상의 중심이라고 주장하지 않는다. 다만 숨어서 존재의 고요함을 유지할 뿐이다. 크고 웅대한 것에 휩쓸리는 일방적 세태 속에서 이렇게 작고 아름다운 곡도 사랑받아 마땅하다. 누가 옳은 자일까? 세상에 자기를 드러내놓고 사는 사람일까, 아니면 세상에 자기 드러내기를 거부한 채 은둔한 채 숨어 사는 사람일까? 나는 후자가 더 옳은 자라고 믿는다. 철학자 파스칼은 "자아는 세상의 중심을 자처하기 때문에 가증스럽다"라고 말한다. 〈아무도 모르라고〉는 혼자 있는 가을 저녁에 애틋한 마음을 달래며 부르기에 좋은 가곡이다.

〈아무도 모르라고〉

김동환 작시, 임원식 작곡

〈아무도 모르라고〉는 1942년에 만들어졌다. 김동환의 시에 일본 도쿄고등음악학교에 유학 중인 23세 청년 임원식이 곡을 붙였다. 김동환(1901~?)은 함경북도 경성에서 태어난 시인이다. 첫 시집으로 장편 서사시를 담은 《국경의 밤》을 내놓으며 문단의 주목을 받았다. 일제강점기에 동아일보와 조선일보 기자를 지냈고, 월간지 《삼천리》의 발행인으로 활동하다가 6 · 25 전쟁 중 납북된 뒤 소식이 끊겼다. 임원식(1919~2002)은 피아니스트, 지휘자, 작곡가로 활동했다. 도쿄고등음악학교를 나와 고려교향악단에서 상임지휘를 맡았다. 미국 줄리어드 음악원을 수료한 뒤 서울교향악단과 KBS 교향악단, 국립교향악단 상임지휘자로도 활동을 했다.

＊

꽃잎은 하염없이 바람에 지고
만날 날은 아득타 기약이 없네

〈동심초〉

기쁨과 웃음으로 만들어진 존재

〈동심초〉라는 가곡을 들을 때마다 조지훈의 시 한 편이 떠오른다. 두 시는 아무 연관이 없지만 어떤 끈으로 이어진 듯한 느낌이다. "바다가 보이는 언덕에 서면 / 나는 아직도 작은 짐승이로다 // 인생은 항시 멀리 / 구름 뒤에 숨고 // 꿈결에도 아련한 / 피와 고기 때문에 // 나는 아직도 / 괴로운 짐승이로다"(조지훈, 〈바다가 보이는 언덕에 서면〉 일부). 내가 아직 초록의 수목이거나 미처 피어나지 못한 봉오리였을 때, 혹은 "작은 짐승"이었을 때 어린 벗들을 만났다. 나이가 들면서 벗들과 헤어졌다. 인생이 박복해진 것은 그 좋은 벗들과 헤어진 탓이다. 나는 너무나 많은 철학, 너무나 많은 살인, 너무나 많은 가난을 거쳐 어른이 되었다. 여전히 인생에 대해서는 잘 모른 채 "꿈결에도 아련한 피와 고기" 때문에 짐승처럼 괴로워한다.

〈동심초〉는 헤어진 동무를 그리워하는 마음을 담은 노래다. 어린 시절의 벗들은 기쁨과 웃음으로 만들어진 존재였다. 공중에 퍼진 꽃들의 방향은 더 향기롭고, 하늘의 별들은 훨씬 더 크고 빛나던 시절, 우리는 비 온 뒤 저 먼 곳에 뜬 무지개를 붙잡으려고 들을 내달리고, 빛과 우정을 기리는 노래를 힘껏 불렀다. 그런 우정이 있었기에 우리의 어린 시절은 빛났다. 그런데 어느 사이에 무리에서 나만 외롭게 떨어져 나와 세상의 길들을 헤맨다. "꽃잎은 하염없이 바람에" 지는데, 벗들과 "만날 날은 아득"하다. 꽃잎이 바람에 지는 것은 바람 탓만이 아니다. 내가 올바름에서 벗어났기 때문이다. 어쩌자고 "맘과 맘은 맺지 못하고" 이렇게 나만 혼자 엉뚱한 길에서 헤매고 있는지!

누군가 내게 '당신은 지금도 외롭고 슬픈가?'라고 묻는다면, 나는 '그렇다'라고 대답할 것이다. 왜냐하면 어린 시절의 그 좋은 벗들 다 내 곁에서 사라지고, 나는 폐허처럼 방치되고 있기 때문이다. 산다는 것은 한껏 넓은 원을 그리며 세상을 향해 나아가는 것. 그 원은 한없이 넓어져서 더는 처음으로 돌아가지 못한다. 봄마다 꽃잎은 하염없이 바람에 지고, 헤어진 벗들을 만날 날은 더욱 아득해진다. 나는 잘못 살았다. 머리 위에 구름과 별들을 이고 살면서 나는 어쩌자고 "한갓되이 풀잎만 맺으려" 했던가!

〈동심초〉

김안서 작시, 김성태 작곡

〈동심초〉의 가사는 본디 당나라 여성 시인 설도薛濤의 한시인

데, 이것을 시인 김안서가 우리말로 옮긴 것이다. 김안서의 한

시역시집 《망우초忘憂草》에 실려 있다. 어느 날 김성태가 애송

하던 《망우초》를 뒤적이다가 어느 한 시에 눈길이 멎었다. 그

시를 읽는 순간 가슴을 치고 흘러가는 한 줄기 우수에 숨이 멎

을 정도였다. 그 자리에 앉아 영감이 떠오르는 대로 악보를 그

렸다. 시는 1절만 있었는데, 작곡자가 2절을 지어 붙였다. 그

렇게 나온 가곡이 〈동심초〉다.

＊

등불을 끄고 자려 하니
휘영청 창문이 밝으오

〈달밤〉

달은 또다시 어디론가 떠난다

달은 보름 동안 차올라 임산부의 배처럼 둥글게 변했다가 다시 보름 동안은 홀쭉하게 야위어간다. 만월은 만삭이다. 달은 점점 줄어들어 그믐이 되면 자취를 감추었다가 다시 나타난다. 야윈 달은 만월이 될 때까지 자란다. 이렇게 달은 주기적으로 생장-죽음-부활 사이를 오간다. 달의 신은 곡식의 생장에 필요한 물과 비를 관장하고, 생명의 변이와 우주의 리듬을 반복한다. 고대 문헌에서 달은 "저절로 자라는 과일"이다. 기원 1세기의 《박물지》에 따르면 "달은 굴을 키우며, 성게를 가득 차게 하고, 홍합에게 힘과 활력을 준다"*고 했다.

〈달밤〉은 밤의 노래요, 사랑의 노래다. 두말할 것도 없이 이 노래의 시간적 배경은 달밤이다. 낮에는 사라졌다가 밤에 다시 나타나는 달. 밤이 가고 해가 뜰 무렵 달은 다시 사라지고 없다. 등불을 끄고 자려다가 "휘영청 창문"을 밝히며 하늘에 나타난 달을 반갑게 맞는다. 달은 어여쁜 "선녀같이" 어둠을 뚫고 홀연히 나와서 "내 뜰 위에 찾아오다." 달은 잠 못 이루는 나를 찾아온 어여쁜 임이다. 달을 반기는 것은 그만큼 내 마음이 고적하고 외로웠다는 고백이나 마찬가지다. "달아 내 사랑아 내 그대와 함께/이 한밤을 얘기하고 싶구나"라는 구절을 보라. 나는 혼자 외롭게 잠드는 대신에 달과 더불어 밤을 지새우며 얘기를 나누고 싶다고 고백한다.

한밤중 나를 찾아와 "등불을 끄고 자려" 하던 이의

---

* 조르주 나타프, 김정란 옮김, 《상징 · 기호 · 표지》, 열화당, 1995, 28쪽.

마음을 뒤흔들어 놓고 달은 또다시 "외로운 길손같이" 어디론가 떠난다. 한곳에 머물지 않고 떠나는 달은 방랑을 상습화하는 연인의 표상이다. 방랑자는 사랑하는 이를 떼어 놓고 혼자 떠난다. 떠나는 것은 대개 남자들이다. 예로부터 사랑의 부재와 외로움을 감당하며 기다림을 강요당하는 것은 여자들이다. 그 부재의 고통과 외로움을 잘 알기에 달을 차마 보내지 못하고 "이 한밤을 동행하고 싶"다고 말한다. 이렇듯 〈달밤〉에는 사랑하는 이를 붙잡고 밤을 새워 도란도란 얘기를 나누고 싶다는 소망이 깔려 있다.

〈달밤〉

김태오 작시, 나운영 작곡

〈달밤〉은 1946년 8월, 작곡자 나운영의 나이 24세 때 만든 가곡이다. 가곡집과 중·고등학교 음악 교과서를 통해 널리 알려진 가곡이다. 나운영은 서울에서 태어났다. 일본 제국음악학교를 졸업하고 중앙대와 이화여대 음악학과 등에서 작곡을 가르쳤다. 중앙대학교 부총장으로 재직하던 시인 김태오의 시집을 읽다가 〈달밤〉이 마음에 들어 곡을 썼다고 한다.

✳

소리 없는 가랑비에
눈물 씻는 사슴인가
영을 넘는 구름 보고
목이 쉬어 우노라네

〈산〉

산이 눈앞에 솟아 있었다

〈산〉은 아름다운 가사와 서정이 넘치는 가락이 잘 어우러진 가곡이다. 기억이 정확하다면, 이 곡의 악보를 구해 혼자 노래를 익힌 것은 17세 때다. 그 무렵 나는 시에 빠져 있던 소년이었다. 내 손으로 염소의 목을 비틀어 숨통을 끊거나 비둘기 한 마리도 죽인 적이 없고, 남의 물건을 훔치거나 누구를 칼로 찌른 적도 없었건만, 맙소사, 나는 17세에 벌써 인생의 가혹한 변곡점을 맞았다. 실업계 고등학교 2학년이던 그해 나는 학교를 자퇴하고 나왔다. 아무 소속도 없이 오래 방황을 했다. 바다를 보기 위해 집을 나와 동해안의 작은 마을 죽변을 찾은 것도 그 무렵이다.

이 가곡을 좋아한 것은 서정적인 가사 때문이다. "소리 없는 가랑비에 눈물 씻는 사슴인가 / 영을 넘는 구름 보고 목이 쉬어 우노라네"라는 소절을 처음 듣자마자 가슴 저 밑바닥에서 울컥하고 솟구치는 게 있었다. 이렇게 아름다운 노래라니! 나는 단박에 가랑비에 눈물을 씻고, 구름을 바라보며 목이 쉬어 우는 사슴에 내 오갈 데 없는 가엾은 자아를 투사했다. 나는 산속을 혼자 헤매며 떠돌다가 "싸리 덤불 새순 밭에 숨어 우는 사슴"이고, 사향 나무에 꽃이 피면 구슬피 우는 "푸른 언덕 그늘 아래 숨은 새"였다. 이 노래를 몇 번이나 되풀이하면서 부르는 동안 내 속눈썹은 몇 방울의 눈물로 젖어 들고 말았다.

17세 나이로 맞은 정규교육 궤도에서의 이탈은 내 인생의 큰 위기였다. 나는 아무 준비도 없이 사춘기, 그 수륙양서의 시대에 정신의 두 번째 탈피와 탄생을 겪었다. 자유의 기쁨은 잠깐이고, 나침반도 안내인도 없이 나선 방황의 세월은 길었다. 낯선 장소를 헤매며, 낯선 친구들을 만났다. 비가 내리는 밤, 서울 명동 성당 근처의 어느 건물 아래서 홀로 비를 피하며 몸을 떨었다. 첫 음주를 하며 탈선을 시도했는데, 현기증과 함께 두려움이 몰려왔다. 아, 앞으로 어떻게 살아야 지?

그 무렵 만난 가곡이 〈산〉이다. 이 노래를 누구에게도 배운 기억이 없다. 나는 혼자 악보를 구해 변성기를 막 벗어난 목소리로 꺽꺽대며 노래를 불러댔다. 음정도 박자도 엉망인 채로. 노래에 빠진 자는 노래에서 위안과 구원을 받는다. 음악의 효용성을 온몸으로 체득한 그때부터 나는 고전음악을 듣기 시작했다. 오후 세 시에 방송되는 KBS 라디오의 고전음악 프로그램에 귀를 기울이고, 종로 1가의 음악감상실 '르네상스'를 뻔질나게 드나들었다.

돌이켜보면, 나는 운명이라는 뱀에게 발뒤꿈치를 물린 채 소스라치게 놀라 소리쳤다. 교활한 뱀이 나를 문 채 저 나락으로 끌고 내려갔다. 나는 깊은 나락에서 더없이 높은 곳으로 솟구치고 싶어 몸부림쳤다. 나는 존재를 짓누르는 억압들을 찢고 저 높은 곳으로 상승하고 싶었다. 내가 한 번도 오르지 못한 산이 눈앞에 솟아 있었다. 나는 답답하고 억울한 심사에서 벗어나려고 꽥꽥거리는 짐승의 소리로 조두남의 〈산〉을 불렀다. 이 가곡은 막무가내로 나를 그 17세 때로 데려간다. 가슴에 품은 꿈들을 하나씩 살해하며 방황과 자학을 일삼던 그 시절로! 세상은 음악의 힘을 믿는 사람과 그렇지 않은 사람으로 나누어져 있다. 나는 전자에 속한다. 내가 비행청소년이 되어 교도소나 드나드는 비루한 인생으로 전락하지 않은 것은 오로지 음악의 힘 때문이었다.

〈산〉

허윤석 작시, 조두남 작곡

〈산〉은 허윤석의 작시에 조두남이 곡을 붙였다. 허윤석 (1914~1995)은 경기도 김포 태생의 소설가다. 제일고보를 거쳐 일본 와세다대학에서 수학했다. 1934년《조선문단》에 〈사라진 무지개와 오뉘〉라는 단편을 내놓으면서 소설가로 등단했다. 대표작으로 〈구관조〉를 꼽는다. 〈산〉은 그가 드물게 남긴 시 작품 중 하나다. "일송정 푸른 솔은 늙어 늙어 갔어도"로 시작하는 〈선구자〉의 작곡자 조두남(1912~1984)은 평양에서 태어났다. 11세 때 첫 가곡을 작곡할 정도로 일찍이 음악적 재능을 선보였다. 1930년대 초에 만주로 이주해 1940년대 친일 성향이 짙은 만주작곡자협회 회원으로 활동했다. 조두남은 좋은 가곡을 다수 내놓았지만 징병제를 찬양하고 대동아공영권을 지지하고 선동하는 연주 활동 같은 친일 행적으로 아쉽게도 그 빛이 바래졌다.

✳

기약 없이 떠나가신
그대를 그리며
먼 산 위에 흰 구름만
말없이 바라본다

〈그리움〉

왜 항상 기다리는 것은 나인가

〈그리움〉은 떠난 임을 향한 애타는 마음을 담은 노래다. 임은 기약 없이 떠나고, 남은 자는 그 임을 기다린다. 떠나는 임은 그 자신의 의지와 상관없이 다 돌아올 기약이 없다. 세상이 어지럽기 때문이다. 한번 떠난 임이 돌아오지 않을 때, 기다림의 보람도 덧없이 사라지고 "먼 산 위에 흰구름만 말없이 바라"보다 하루가 저문다. "오늘도 해는 서산에 걸려 노을만 붉게 타네"라는 구절에서 "오늘도"라는 단어에 주목하자. 어제 나를 덮친 보람의 좌절과 실망이 여전히 멈추지 않고 이어진다는 뜻이다.

사랑의 관계에서는 항상 떠나는 자와 남는 자로 나뉜다. 덜 사랑한 자가 떠나고, 더 많이 사랑하는 자는 남는다. "그 사람은 끊임없는 출발, 여행의 상태에 있다. 그의 천직은 철새, 사라지는 자이다."* 그런데 왜 항상 떠나는 것은 타자이고, 떠난 자를 기다리는 것은 나인가! 역사적으로 떠나는 것은 남자이고, 기다리는 것은 여자다. "여자는 칩거자, 남자는 사냥꾼 · 나그네이다. 여자는 충실하며(그녀는 기다린다), 남자는 나돌아 다닌다(항해를 하거나 바람을 피운다)."** 가곡 〈그리움〉에서도 떠나간 임을 향한 그리움을 안고 애타게 기다리는 자는 여성일 가능성이 높다. 롤랑 바르트는 기다리는 주체가 남성이라면 그는 여성화된 남자일 것이라고 말한다.

어느 먼 곳을 헤매는 임을 향해 "아 돌아오라"라고 외치건만, 그 외침은 먼 곳을 헤매는 임에게 닿지 못

* 롤랑 바르트, 김희영 옮김, 《사랑의 단상》, 동문선, 2004, 30쪽.
** 위의 책, 31쪽.

한다. 이 외침은 공허한 외침이다. 나는 그게 공허하다는 사실을 모르지 않다. 그럼에도 기다리는 주체는 임의 부재로 말미암은 고통을 견디기 위해 "아 돌아오라"라고 외쳐볼 수밖에 없다. 그리움은 부재의 고통을 품고 타오르는 우울한 사랑이고, 부재하는 대상을 향한 의혹과 원망을 억누르는 가운데 속절없이 번지는 슬픈 마음이다. 누군가를 그리워하는 자는 임의 부재 속에서 헛된 사랑을 완성하려고 시도한다. 당연히 그 시도는 실패한다. 그 반대편에 서로 속살을 부비고 만지는 애무 속에서 펼쳐지는 몸의 향연이 질펀한 사랑이 있을 테다. 나날이 깊어가는 그리움은 부재하는 임이 만든 내 마음의 고적함이 기르는 연약한 짐승이다. 그리움이라는 짐승은 주체의 내면에 숨어 기생하며 내 존재를 파먹으며 연명한다.

〈그리움〉

고진숙 작시, 조두남 작곡

〈그리움〉은 평이한 곡조의 노래지만 가슴 깊이 스며드는 애련함이 깃들어 있다. 작곡자 조두남이 중국 하얼빈에 머물 때인 1944년에 작곡을 하고 제 시를 붙여 만든 가곡이다. 조두남은 평양 출신으로 한국전쟁 때 마산에 피난을 내려와 죽을 때까지 살았다. 그가 마산에서 살 때 만난 고진숙(1935~)은 부산대학 사범대학 음악과 출신의 문학도로 1953년 동인지 《시영토》에 시를 내놓고, 그 뒤 《자유문학》지에 시를 추천받아 등단한 시인이다. 어느 날 조두남은 그에게 이 곡에 맞는 새로운 작시를 부탁했다. 1958년 고진숙이 쓴 시를 가사로 삼은 오늘날의 〈그리움〉이 탄생한다. 이 곡은 조두남 가곡집 《분수》에 실려 있다. 중·고등학교 음악 교과서에 소개되어 널리 애창되었다.

＊

못 잊어 생각이 나겠지요
그런대로 한세상 지내시구려

〈못 잊어〉

당신의 살뜰한 기억 속에서

당신은 누군가를 사랑했던가. 그 사랑은 결실을 맺지 못했지만 당신의 살뜰한 기억 속에서 언제나 살아 있다. 시인은 그 사랑이 "못 잊어 못 잊어 못 잊어 못 잊어 생각이 나겠지요"라고 썼다. 얼마나 애절했었기에 이토록 못 잊는다는 것일까! 아예 죽어버리면 잊어버릴 수 있었을 테다. 하지만 단 한 번밖에 없는 생을 그렇게 헛되이 마감할 수는 없는 노릇이다. 시인은 "그런대로 한세상 지내시구려 그런대로 한세상 지내시구려"라고 권유한다. 그렇게 살다 보면 "잊힐 날"이

올 것이기 때문이다.

사랑이란 일종의 '일화 기억'이다. 우리는 사랑하는 이와 함께 했던 시간과 장소를 기억한다. 그때 벌어졌던 사건, 대화 내용, 창을 통해 비쳐 든 빛의 양을 기억한다. 우리는 키스를 나누고, 서로의 몸을 손으로 빚으며 사랑을 일구었다. 사랑하는 이의 몸은 애초에 존재했던 게 아니라 애무하며 새롭게 빚어지는 몸이다. 우리는 관능의 열락에 잠겨 애무로 빚은 몸만을 기억한다. 이 몸은 사랑이 깨진 뒤에도 "못 잊어 못 잊어 못 잊어 못 잊어" 기억이 나는 몸이다. 기억은 죽지 않는 생각 속에서 생명력을 얻어 소생한다.

깨진 사랑이 망각되지 않고 되살아나는 일은 괴로운 일이다. 그 사랑은 "못 잊어"에서 영원히 멈춘 사랑이다. 그 사랑이 영원한 결핍으로 남았기 때문에 잊지 못한다. 그 괴로움에서 벗어나려면 죽거나 망각해야 한다. "그런대로 세월만 가라시구려 그런대로 세월만 가라시구려." 세월이 가면 깨진 사랑, 그 폐허로 남은 사랑에도 망각의 그림자가 드리워질까. 망각은 죽은 사랑이 묻히는 무덤이다. 사랑의 불꽃이 다 타고 남은 재를 망각이라고 불러도 좋으리라. 어떤 사랑은 끝내 망각할 수가 없다. 망각이 불가능한 사랑은 어쩌면 단 한 번도 시작된 적이 없는 사랑일지도 모른다.

〈못 잊어〉

김소월 작시, 김동진 작곡

시인 김소월(1902~1934)은 평북 구성 출신이다. 18세 때인 1920년 3월, 동인지 《창조》에 〈낭인의 봄〉·〈야의 우적〉·〈무과의 읍〉·〈그리워〉·〈춘강〉 등 다섯 편의 시를 내놓으면서 등단했다. 3·1운동의 여파로 오산학교가 문을 닫자 배재고보 5학년에 편입해 졸업했다. 배재고보에 다니는 동안 《개벽》에 시 〈엄마야 누나야〉·〈봄밤〉·〈진달래꽃〉·〈개여울〉·〈먼 후일〉과 소설 〈함박눈〉 등을 꾸준히 내놓았다. 배재고보를 졸업한 이듬해인 1923년 일본으로 건너가 도쿄상과대학에 적을 두었으나 관동 대지진이 일어나는 바람에 유학 생활을 접고 돌아왔다. 그 뒤로 이별과 그리움을 정조로 하는 아름다운 서정시를 잇달아 내놓았다. 슬픔, 눈물, 정한 등을 민요조의 율격에 담아낸 서정시는 근대 이후 한국 서정시의 가장 강력한 줄기를 이루었다. 1925년 12월 26일에 첫 시집 《진달래꽃》을 내놓았다. 이 시집은 근대문화유산 등록문화재 제470호로 지정되었다.

김소월은 서른 넘어 시작詩作마저 놓아버리고 술꾼으로 허송 세월했다. 공주 김씨 문중에서조차 '불량자'로 낙인찍었다. 몸도 마음도 기진한 김소월은 1934년 12월 23일, 아편을 삼키고 서른두 해의 짧은 삶을 스스로 마감했다.

목련꽃 그늘 아래서
베르테르의 편질 읽노라
구름꽃 피는 언덕에서
피리를 부노라

〈사월의 노래〉

삶이 서늘해질 것임을

〈사월의 노래〉는 목련꽃 피는 4월의 꿈과 낭만을 노래한다. 이 가곡은 긍정과 낙관, 아득한 그리움으로 가득 차 있다. 이 가곡은 "빛나는 꿈의 계절"과 "눈물 어린 무지개 계절"을 노래하지만 내게는 우울하고 아픈 기억을 떠올리게 한다. 봄마다 나무에는 수액이 올라오고, 꽃들은 다투어 피어나며, 겨우내 움츠린 동물의 활동성이 부쩍 늘어난다. 봄은 인생의 가장 찬란한 한때에 대한 은유로 빛난다. '청춘靑春'이라는 어휘는 이미 봄을 품고 있지 않은가! 생명이 약동하고 사랑의 욕망이 꿈틀거리는 봄과 청춘은 잘 어울리는 짝이다. 청춘은 무분별한 열정에 휩싸인 채 방황을 하고, 미친 듯이 쾌락과 지식을 구하며, 더러는 춘정春情이 돋아 욕망의 번개를 맞기도 한다.

내 청춘은 가난하고 가혹했다. 그때 나는 가난과 실업失業, 무위도식의 나날들, 손대는 일마다 실패를 겪으며 인생의 어두운 구간을 통과하는 중이었다. 아무 꿈도 없는 불확실한 미래에 숨이 막혀 머리를 벽에 찧기 일쑤였다. 봄날이 화사해도 아무런 위안이 되지 못했다. 그저 도서관의 그늘에서 책을 펼친 채 우울한 시간을 보내거나, 잘 알지도 못하는 상대에게 긴 편지를 써서 부치거나, 누가 묻힌지도 모를 무덤가를 진종일 서성이다가 돌아오곤 했다. 시인은 목련꽃 그늘 아래서 사랑하는 이가 보낸 편지를 읽고, 풀빛이 푸르러지는 언덕에서 피리를 불며, 멀리 떠나 방랑하는 이가 이름 없는 항구에서 배를 탄다고 노래했지만 내게는 그런 목가적인 봄은 없었다.

우리 시인은 봄을 "빛나는 꿈의 계절아 눈물 어린

무지개 계절아"라고 노래하지만 미국 시인 빈센트 밀레이(1892~1950)는 "땅 밑에선 구더기가 죽은 이의 뇌수를/갉아먹는다. 그뿐인가. / 인생은 그 자체가 / 무無, / 빈 잔. / 주단 깔리지 않은 계단일 뿐."이라고 노래한다. 봄을 두고 한 시인은 생명의 소생으로 빛나는 계절이라고, 또 다른 시인은 죽음과 무로 얼룩진 계절이라고 엇갈린다. 두 시인은 한 봄을 두고 완벽하게 역상逆像을 이루는 풍경을 제시한다.

〈사월의 노래〉 속 봄은 화사한 봄이다. 이토록 환한 봄은 나와는 먼 세계의 사치에 지나지 않았다. 살해당한 꿈의 잔해들이 가슴에 쌓이던 그 시절, 결핍에 대한 원망과 노여움으로 폐허주의자를 참칭하며 냉소와 위악을 일삼던 시절, 봄은 그저 끔찍하고 징그러운 계절에 지나지 않았다. 어느 대학교의 새파란 잔디밭에 그림자들이 어지럽고 길게 드리워지는 봄날 저녁, 누군가가 부르는 〈사월의 노래〉가 바람결을 타고 들렸다. 내 고막을 울린 〈사월의 노래〉는 천상에서 울려 나오는 소리인 듯 청아하고 아름다웠다. 이 노래가 끝나기도 전에 한 줄기 예감이 전두엽에 번개인 듯 스쳐 지나갔다. 그 찰나, 내 삶이 몇 번의 사랑과 실패로 말미암아 깊어지고 서늘한 그림자를 품게 될 것임을 깨달았다.

〈사월의 노래〉

박목월 작시, 김순애 작곡

〈사월의 노래〉는 박목월이 작시하고 김순애가 곡을 붙인 가곡이다. 한국전쟁이 끝날 무렵, 박목월(1915~1978)과 김순애(1920~2007)에게 위촉해 만들어진 노래다. 이 노래는 1953년 4월 《학생계》 창간호에 발표되었다. 그 당시 국어 교사로 재직 중이던 박목월은 "이화여고 후관 앞 목련꽃 나무 아래 잔디에서 책을 읽는 여학생들의 인상적인 모습"에서 이 가사를 착상했다고 말한다. 새봄과 짝을 이루는 희망의 메시지는 전쟁과 피난살이에 시달린 학생들의 삭막한 가슴에 꿈과 동경을 심어주기에 맞춤했을 것이다. 김순애는 "환도 후 피아노도 없어지고 적적한 방에서 이 노래처럼 화창한 분위기를 느끼지 못하는 상황에서" 이 가곡을 작곡했다고 말한다. 이 노래는 중·고등학교 음악 교과서에 실리며 널리 사랑받았다.

✳

기러기 울어 예는 하늘 구만리
바람이 싸늘 불어 가을은 깊었네

〈이별의 노래〉

부재와 상실로 인한 아픔의 거리

찬 바람이 불면 불현듯 "기러기 울어 예는 하늘 구만리"라는 가곡 몇 소절을 흥얼거린다. 텅 빈 하늘 한쪽에 기러기 떼 지어 난다. 늦가을이거나 초겨울의 파랗고 스산한 하늘이다. 구만리는 얼마나 먼 거리일까. 정확하게 가늠되지 않는 이 거리는 한때 사랑했지만 이제는 남남이 되어버린 나와 너의 거리다. 사랑은 세월의 파괴적 압력을 이기지 못한다. 열병처럼 왔던 사랑도 어느덧 식고 나면 이별을 맞으며 쪼개진다. 한 사람은 가고 한 사람은 남았다. 이별로 인해 깨진 사랑의 기억은 화인火印처럼 남는다. 그랬으니 구만리는 사랑이 끝나고 난 뒤 겪은 부재와 상실로 인한 아픔의 거리일 테다.

사랑은 비이성적 감정의 과도함에서 시작한다. 비이성적 열정과 들뜸이 없다면 사랑은 발아하지 않는다. 사랑은 미친 듯이 타오르는 열망, 열정의 비이성적 번짐이 만든 사태다. 사랑은 광기와 맹목으로 치닫고, 더러는 죽음마저도 두려워하지 않는다. 그 결과 인간관계가 뒤틀리거나 가족 사이에 의절하는 사태도 빚어진다. 누가 사랑을 아름답다고 말하는가! 사랑은 화평이 아니라 관계의 불화를 빚는다. 사랑에 눈먼 자가 신의를 저버리고 이기적인 선택을 한 결과다. 이것은 피의 맹목성이 불러일으키는 비극이며 참화慘禍다. 진짜 사랑에는 행복과 감미로움뿐만 아니라 비극과 우울의 정조가 스며 있고 때로는 피비린내가 진동하는 것이다.

〈이별의 노래〉에는 전설 같은 사연이 구전된다. 이미 결혼을 해서 가정을 꾸린 시인이 한 여대생을 만나

사랑에 빠진다. 두 사람은 서울에서 제주도로 사랑의 도피행을 감행한다. 이 사련邪戀은 큰 파문을 낳았지만 두 사람은 낯선 섬에서 두어 달 남짓 하숙을 구해 살았다. 꿈결 같은 밀월의 시간은 오래 가지 못했다. 한낮이 기울며 밤이 오듯이 사랑은 막을 내린다. 두 사람은 실연의 아픔을 안은 채 저마다의 생활로 복귀한다. 궤도에서 벗어난 별들이 정상 궤도를 찾아 복귀하듯이. 세월이 지나 시인은 서울의 어느 거리에서 우연히 그 여성을 만난다. 여성은 미처 시인의 존재를 눈치채지 못한 채 제 아이의 손을 잡고 인파 속으로 사라졌다. 아주 찰나적인 스침이었다. 시인은 그날 밤 집으로 돌아와 참담한 슬픔에 젖은 채 이 시를 적어 내려갔다. "산촌에 눈이 쌓인 어느 날 밤에 / 촛불을 밝혀두고 홀로 울리라"라는 구절을 쓸 때 시인의 심경이 어떨까를 상상하는 것은 어렵지 않다.

〈이별의 노래〉

박목월 작시, 김성태 작곡

〈이별의 노래〉는 박목월의 시에 김성태가 곡을 붙였다. 애틋한 이별의 정한을 담은 가사에 서정적인 리듬이 잘 어울리는 가 곡이다. 1954년도에 만들어졌다. 이 노래는 중·고등학교 음 악 교과서에 실렸다. 박목월은 우리나라 대표적인 서정시인이 다. 문예지《문장》에 정지용 추천으로 문단에 나와 조지훈·박 두진 등과 3인 시집《청록집》을 펴내며 '청록파'로 이름을 알렸 다. 김성태(1910~2012)는 중학교 때 최영호·홍난파에게 바이 올린을 배웠다. 연희전문 상과를 다닐 때 독학으로 화성학을 공부했다. 1935년 일본 도쿄고등음악학원에 유학해서 본격적 으로 작곡을 공부하고, 해방 직후 현제명이 꾸린 고려교향악 단과 서울교향악단에서 지휘자로 활동했다. 한국전쟁 때는 공 군·해군의 정훈음악대를 지휘했다. 1955년에는 미국 인디애 나주립대학교 대학원에서 현대 음악 이론과 작곡법을 공부했 다. 경성음악학교(서울대학교 음악대학의 전신)를 설립해 관여 하고 1976년 정년퇴직 때까지 재직했다.

✳

보리밭 사잇길로 걸어가면
뉘 부르는 소리 있어 나를 멈춘다

〈보리밭〉

진리의 지속 위에서 굳건하리라

보리밭은 농경사회의 가장 낯익은 풍경 중 하나다. 곡식의 씨앗을 뿌리고 경작을 하며 그 열매를 거둬들여 자식을 길러내는 농경사회는 우리의 옛 고향이다. 누군가 보리밭 사잇길로 느릿하게 걸어간다. 존재의 한가로움을 누리는 걸음이다. 이 유유자적함은 그의 실존이 생산과 효용성의 족쇄에서 벗어나 고향의 느릿한 리듬 안으로 진입했다는 증거다. 보리밭 사잇길을 가는 시간은 철학자 하이데거가 말한 "들길의 시간"이다. 들길의 시간은 "또렷한 윤곽을 지닌, 자기

안에서 진동하는 지속성의 세계"를 상징하며, "모든 것은 조감할 수 있는 질서에 나오는 단순하고 깨끗한 빛 속에 놓여 있다."*

보리밭 사잇길의 시간은 목적 지향적인 시간이 아니라 행복감 속으로 자기를 빨아들이며 온몸으로 누리는 향유의 시간이다. 그 시간은 일직선으로 흘러 사건의 연쇄 속에서 흩어져 휘발되는 시간과는 다르다. 시간이 흩어질 때 삶의 연속성도 깨어진다. 그 반대로 세계를 둥글게 감싸 안는 원환(圓環)의 시간 속에서는 자아와 세계 사이에 의미로 충만한 상호조응이 이루어진다. 보리밭 사잇길을 걷는 자는 결코 서두르지 않는다. 그는 세계 안에서 자기 실존을 꾸릴 장소를 허락받고, 의미의 삶을 빚는 가운데 세계와 화합한다. 그의 걸음이 느려진 것은 세계가 진리의 지속 위에서 굳건하리라는 깊은 신뢰로 안도하고 있기 때문이다.

아무도 부른 적이 없건만 그는 "뉘 부르는 소리" 때

---

* 한병철, 앞의 책, 111쪽.

문에 걸음을 멈춘다. 일종의 환청이다. 돌아보면 "아무도 뵈이지 않고" 텅 빈 하늘에 석양만 타오르고 있다. 호젓함 속에서 "옛 생각"에 빠져 휘파람을 불며 보리밭 사잇길을 걸어가는 사람은 오랜만에 고향을 찾은 사람임에 분명하다. "옛 생각"은 아무 보상도 요구하지 않은 채 주체와 고향을 잇는 계기적 순간을 증여한다. 고향으로의 회귀는 세계가 무상의 선물이라는 믿음을 강화한다. 아울러 고향을 떠나면서 깨진 결속과 관계의 신의를 다시 세우며 주체를 자기 귀환으로 이끈다.

〈보리밭〉

박화목 작시, 윤용하 작곡

〈보리밭〉은 박화목의 시에 윤용하가 곡을 붙여 만들었다. 고향에 대한 그리움을 자극하는 아름다운 가사로 이루어진 가곡이다. 이 곡은 1951년에 탄생했다. 4분의 4박자 내림나장조이고 가사는 통절通節로 되었다. 시인 박화목이 고향 황해도의 보리밭을 생각하며 가사를 썼다고 한다. 애초 제목은 〈옛 생각〉인데, 작곡자가 〈보리밭〉으로 바꾸었다. 박화목(1924~2005)은 한국전쟁 중 종군기자를 했고, 윤용하(1922~1965)는 해군 음악대원으로 활동했다. 어느 날 피난지 술자리에서 만난 두 사람이 후세에 남을 만한 가곡을 하나 내놓자고 의기투합하여 만든 것이 〈보리밭〉이다.

박화목은 평양신학교 예과를 거쳐 만주로 가서 하얼빈 영어학원과 봉천신학교를 졸업했다. 1946년 조선청년문학가협회 아동문학위원, 1947~50년 기독교방송 방송부장 등을 지냈다. 윤용하는 황해도 은율의 가난한 집안에서 태어났다. 만주 신징 음악학교에서 작곡의 기초과정을 배우고 신징과 펑텐에서

조선합창단을 꾸려 음악 활동을 했다. 이 무렵 칸타타 〈조선의
사계〉를 작곡해 봉천방송국 관현악단이 연주했다. 해방 뒤 함
흥 영생여자중학교 등에서 교사로 있다가 월남했다. 서울의
한양공고·동북고교 등에서 음악 교사로 재직하면서 다양한
가곡과 동요 등을 발표했다.

✻

짝짝 찢어지어
내 몸은 없어질지라도
내 이름만 남아 있으리라

〈명태〉

완벽한 이타적 자기 증여의 생

명태는 한반도 동북쪽 지방인 함경도 경성이나 명천 근해에서 많이 잡히던 생선이다. 대구와 닮았지만 대구보다는 몸통이 가늘고 길쭉한 생선이다. 생것은 명태, 말린 것은 북어라고 따로 구별해서 부른다. 조선 초기만 해도 명태라는 이름이 없었고, 사람들이 잘 먹지 않았다고 한다. 조선 초기 문헌에는 명태에 대한 기록을 찾기 힘들다. 명태를 본격적으로 먹기 시작한 것은 조선 후기다. 우리나라 사람들이 명태를 즐겨 먹고 명태잡이 어업이 동해안에서 성황을 이룬 역사는 길지 않다.

〈명태〉는 우리 가곡 중 가장 유쾌하고 호탕한 곡 중 하나다. 해학이 돋보이는 가사에 명랑한 곡조가 얹어지며 더욱 빛나는 가곡이 되었다. "명태 허허헛 명태라고" 등과 같이 구어체의 활용이 돋보이는데, 이 점도 대중에게 사랑받은 한 까닭이 되었으리라. 북쪽 고향을 두고 내려온 이들을 그리움과 회고로 이끄는 이 노래가 실향민의 서글픔을 위로하기 위해서 만들어진 것만은 아닐 테다. 〈명태〉를 처음 들었을 때, 나도 모르게 빙그레 웃었다. 철학자 베르그송이 "사회적인 제스처"라고 이해한 웃음이 〈명태〉에 대한 내 첫 반응이었다. 우스꽝스러운데 우습지만은 않고, 슬펐는데 슬프지만은 않았다. 웃음은 모순과 불합리한 사태에 대응해 터져 나오는 생명의 요동이고, 경직과 기계적인 사람의 태만에 대한 벌칙이다. 웃음은 "사회가 제거하려는 신체와 성격을 지키고, 정신이 경직되지 않도록 신체 마디마디에 유연성과 사회성을 확보"하려는 데 목적을 두고, "생명이 없는 것, 기계적인 것, 사물화

된 것을 겨냥한 항의"다.* 어쨌든 〈명태〉는 웃음을 유발하는 우스꽝스러움과 비애가 묘하게 뒤섞인 노래로 마음에 각인되었다.

명태는 검푸른 바다 밑에서 줄지어 떼 지어 노니는 생선이다. 그 찬 바다에서 "길이나 대구리가 클 대로" 큰 명태들이 떼 지어 "노상 꼬리치고 춤추며 밀려다니다가" 어부의 그물에 걸려들었다. 명태는 "살기 좋다는 원산 구경"을 하고 어부에게 붙잡혀 "에집트의 왕처럼 미이라"로 변신한다. 명태의 이동 궤적은 근대 한국인의 이동 궤적과 겹친다. 남북 분단 이래 많은 이북 주민들이 더 나은 삶을 찾아 남쪽으로 내려왔다. 휴전선 북쪽 원산은 한반도 남쪽 주민은 갈 수 없는 금단의 고장이 되었다. 명태는 바로 그 살기 좋다는 북쪽 고장의 바다에서 붙잡혀 온 것이다.

원산 바다가 원산지인 명태는 남쪽 어부에게 붙잡혀 "어떤 외롭고 가난한 시인이 밤늦게 시를 쓰다가

* 만프레트 가이어, 이재성 옮김, 《웃음의 철학》, 글항아리, 2018, 199~200쪽.

쇠주를 마실 때"기꺼이 안주로 변신한다. 사실을 말하자면, 짝짝 찢어져 안줏감이 되는 것은 명태를 말린 북어가 맞다. 가난한 시인이 음주로 제 시름을 달랠 때 안주가 됨으로써 명태의 이타적 헌신은 마무리된다. "그의 안주가 되어도 좋다./그의 시가 되어도 좋다." 타인을 향해 자기를 내어줌에는 한 치의 망설임도 없다. "짝짝 찢어지어 내 몸은 없어질" 정도이니, 자기의 모든 것을 증여하는 것이다. 완벽한 이타적 자기 증여로 끝나는 명태의 생애에는 어딘가 모를 호쾌함이 깃들어 있다.

〈명태〉

양명문 작시, 변훈 작곡

양명문은 명태에 제 인생 유전을 투사하며 이 시를 썼을 것이다. 양명문(1913~1985)은 평양에서 태어났다. 1942년 일본 도큐센슈대학 법학부를 나왔다. 고향에서 해방을 맞고, 1951년 1·4 후퇴 때 월남해 전국문화단체총연합회 구국대원 및 육군 종군작가로 활동했다. 대학교수를 하며 시집 여러 권을 펴낸 시인이다. 작곡자 변훈(1926~2000)은 외교관 출신이다. 함경남도 함흥에서 태어나고 연희전문 정치외교학과를 졸업했다. 샌프란시스코와 파키스탄 총영사를 지낸 뒤 1981년 포르투갈 대사를 끝으로 외교관을 그만두고 작곡 활동에 전념했다. 〈명태〉는 한국 전쟁 중 피난지 대구에서 만들어졌다. 예술가 드나들던 '녹향'이란 대구의 한 음악다방에서 작곡자 변훈이 양명문의 시를 받아 만든 가곡이다.

✴

저 푸른 물결 외치는
거센 바다로 떠나는 배
내 영원히 잊지 못할
님 실은 저 배는 야속하리

〈떠나가는 배〉

끝내 그 바다를 향해 떠나가지 못하고

〈떠나가는 배〉는 떠나는 야속한 임에 대한 원망과 이별로 생긴 애끊는 마음을 담은 노래다. 이 노래가 젊은 여성과 사랑에 빠져 제주도로 잠행을 시도한 시인의 사연을 밑그림으로 만들어진 노래라는 것은 나중에야 알았다. 그전까지는 이 노래를 피 끓는 청춘을 위로하는 노래로만 들었다. 답답한 현실을 박차고 떠나고 싶지만 그렇지 못하는 젊은이의 한탄과 슬픔을 노래한다고 믿었다. 젊은이의 가슴에 들끓는 열망과 눈동자에서 불꽃같이 타오르는 동경이 고스란히 전달

되는 것이다. 젊은 시절, 나는 가슴에 많은 꿈을 품었지만 그걸 실현할 아무 방법도 갖지 못했다. 내 가슴은 날마다 꿈을 살해하는 끔찍한 현장이었다. 야만의 세상은 견고했고, 나는 불행의 학교에서도 낙제생에 지나지 않았다. "저 푸른 물결 외치는 거센 바다로 떠나는 배"에는 화자의 동경이 투사되어 있다. 왜냐하면 "내 영원히 잊지 못할 님"을 싣고 떠나는 야속한 배이기 때문이다. 나를 혼자 바닷가에 두고 속절없이 떠나는 저 배는 원망스럽기 그지없다.

바다는 항상 성난 파도로 일렁인다. 이 바다는 모험으로 가득 찬 바다이고, 나를 가두는 감옥이며, 나날의 절망을 먹고 자꾸 커지는 지옥이다. 바다처럼 압도적이고 확고한 현실적 실체는 드물다. 그 바다 너머에 펼칠 꿈이 있지만 나는 끝내 그 바다를 향해 떠나가지 못한다. 그래서 바다는 늘 애끓는 수심으로 가득 찬 곳이고, 꽃들이 스러지는 폐허이며 꿈을 짓밟는 절망의 광야다. 그 바다는 거대해서 감히 싸우려는 의지가 생겨나지 않았다. 내가 할 수 있는 일은 무엇인가? 그

것은 고작해야 "외로운 등대와 더불어 수심 뜬 바다"를 지키는 일이다.

스무 살 무렵 내 호주머니는 텅 빈 채로 가망 없는 꿈과 무상의 자유는 넘쳐났다. 겨우 시나 끄적이며 삭막한 실존을 견딜 수밖에 없었다. 젊음에게 혼란과 방황은 차라리 특권이다. 그것만이 내 유일한 자유였다. 유화 물감과 캔버스를 싸 들고 서울 근교의 유원지를 떠돌며 그림을 그렸다. '르네상스' 같은 음악 감상실에 처박혀 고전음악으로 상처받은 마음을 달랬다. 그 시절 헌책방에서 구한 독일 철학자 니체의《자라투스트라는 이렇게 말했다》를 읽고 위로를 받았다. 밤을 새워 책을 붙들고 있느라 눈이 퀭해졌지만, 웬일인지 눈동자에 빛이 돋고, 가슴에 서늘한 희망이 가득 찼다. 오라, 인생이여, 피하지 않고 기꺼이 부딪쳐 주마!

나는 바닷가를 떠돌며 파도에 떠밀려온 해초 따위를 줍는 청년이었다. 파도가 오고 감을 되풀이하는 바다! 그 바다가 좋아졌다. 파괴와 멸망의 바다가 아니라 수없이 새로 시작하는 바다! 그 바다가 기어코 저 너머의 세계로 데려다주리라 믿었다. 바다는 내 열망과 동경으로 더욱 푸르러졌다. 나는 "외로운 등대와 더불어 수심 뜬 바다"나 지키며 살지는 않겠노라고 결심하고, 패배주의에 사로잡힌 청춘이기를 그만두었다. 나는 바다를 도약대 삼아 저 높고 넓은 세계를 향해 도약하리라!

청년기에 이 노래를 들었을 때 가슴이 뛰었다. 무엇보다도 이 노래가 담은 의미와 달리 내 심장 박동이 빨라지곤 했다. 이 노래는 떠나는 임을 붙잡아 두지 못하는 자기 한계의 슬픔을 노래하지만 나는 새로운 세계로 떠나려는 모험의 의지를 북돋우는 희망의 노래로 오독했다. 사실을 말하자면, 이 노래는 청춘의 들끓는 피와 생명의 약동보다는 나른한 패배주의에 물든 화자의 서글픈 심정을 담고 있다. 노랫말과 곡조는 묘한 부조화 속에 있지만, 나는 이 노래를 내 방식으로 오독했던 것이다.

〈떠나가는 배〉

양중해 작시, 변훈 작곡

〈떠나가는 배〉는 6·25 전쟁이 끝날 무렵 나온 가곡이다. 가사를 지은 양중해(1927~2007)는 제주도 출신 시인이다. 1959년 《사상계》에 〈그늘〉, 《현대문학》에 〈슬픈 천사〉를 발표하며 작품 활동을 시작했다. 제주중학교와 오현고등학교 교사를 거쳐 제주대학교 교수로 재직했다. 작곡자 변훈은 연세대학교 정외과 출신으로 전쟁을 피해 제주도에 내려왔다. 두 사람은 제주 제일중학교에서 교사를 지냈다. 그런 인연으로 양중해가 써낸 시에 변훈이 곡을 붙인 이 노래가 탄생했다. 양중해는 제주도에서 시를 썼으며 변훈은 1953년 초 제주도 피난생활을 정리하고 서울로 올라가 외무고시에 합격한 뒤 외교관 생활을 했다.

✳

꿈길밖에 길이 없어 꿈길로 가니
그 님은 나를 찾아 길 떠나셨네

〈꿈〉

현세에서는 불가능한

왜 그 사람을 사랑하느냐고 묻는 것은 부질없다. 왜
냐하면 사랑이 항상 생존 이익에 부합하는 선택은 아
니기 때문이다. 더러는 믿을 수 없는 상대와 사랑에
빠지기도 한다. 왜 이런 사태가 벌어지는가? "사랑
의 결합은 전략적인 상호 기만에 의존한다. 노골적으
로 말하자면, 그래야 사랑을 할 수도 있고 받을 수도
있다."* 대상에 과도한 가치를 부여하는 것, 세상 모

---

* 로버트 롤런드 스미스, 남경태 옮김, 《이토록 철학적인 순간》, 웅진지식하우스, 2014,
  177쪽.

135

든 사람의 미덕을 합친 것보다 단 한 사람이 가진 미덕이 더 커 보이는 것, 사랑이 이루어지려면 이런 대상의 이상화 과정을 거쳐야 한다. 대상을 이상화하는 행위가 사랑의 촉매 작용을 하는 것은 분명하다. 그런데 여기에는 늘 우리 변덕스러운 감정의 속임수가 작용한다.

사랑은 감미롭지만 다른 한편으로 불가사의하고 혼란스러운 경험이기도 하다. 바로 그 때문에 사랑에 빠진 사람이 방향감각을 잃고 헤매기도 한다. 세상에는 다양한 형태의 사랑이 존재하고, 그만큼 세상에는 수없이 많은 사랑의 노래가 존재한다. 〈꿈〉은 이루어질 수 없는 사랑, 혹은 사랑의 불가능성이 빚는 안타까움을 노래한다. 이 사랑에 어떤 장애물이 있었는지는 명확하지 않다. 애절하고 아픈 사랑의 이야기를 담고 있어서 더 오래 기억에 남았을지도 모른다.

가사는 황진이의 시 〈상사몽相思夢〉을 후세의 시인 김안서가 가다듬은 것이다. 그 전문은 다음과 같다. "그리워라, 만날 길은 꿈길밖에 없는데 / 내가 님 찾아 떠났을 때 님은 나를 찾아왔네 / 바라거니, 언제일까 다음날 밤 꿈에는 / 같이 떠나 오가는 길에서 만나지기를." 임과 만날 수 있는 게 꿈길밖에 없다니! 그래서 밤마다 꿈길로 찾아가야 한다니! 꿈길은 몽환의 길, 현실에는 없는 길이다. 꿈속에서만 갈 수 있는 길이다. 나와 임은 서로 만날 수 없는 처지다. 꿈길에서나마 만나고자 하지만 그마저도 여의치 않다. 꿈속에서조차 길이 자꾸 어긋나는 까닭이다. 꿈속 길에서나마 만나기를 소망하는 이 사랑은 현세에서는 불가능한 사랑이다.

〈꿈〉

황진이 작시, 김성태 작곡

〈꿈〉은 황진이의 한시漢詩를 김안서가 우리말로 다듬어 옮겼
다. 1950년 이 시를 읽고 감명을 받은 작곡가 김성태가 곡을
붙였다. 황진이는 숱한 풍류객들과 연을 맺은 기생이자 당대
의 빼어난 시인이었다. 작곡가 김성태는 기독교 가정에서 태
어나 어린 시절부터 찬송가를 들으며 자랐다. 연희전문 상과
를 다니며 독학으로 화성학을 배웠다. 현제명과 채동선에게서
작곡을 배우고, 일본 도쿄고등음악학원으로 유학을 가서 작곡
공부를 했다. 1946년 서울대학교 예술대학에 음악학부를 설
립해 교수를 지냈다. 〈동심초〉·〈못 잊어〉·〈산유화〉·〈이별
의 노래〉 등 아름다운 우리 가곡 100여 편을 남겼다.

✳

그대의 근심 있는 곳에
나를 불러 손잡게 하라

〈그대 있음에〉

그대가 없다면 내 사랑도 없다

이타적이라고 여겨지는 사랑이 실은 타자를 빌어 행복과 충일을 누리려는 이기적 행위다. 사랑은 혼자서는 불가능한 일이다. 항상 누군가를 필요로 한다. "그대"가 없다면 내 사랑도 없다. 사랑을 할 때마다 나는 늘 아팠다. 그 아픔은 곧 사랑하는 이의 아픔이었다. 아픔은 빠르게 전이轉移되고 공유되는 것. 아픔은 그리움과 더불어 사랑의 중요한 성분 중 하나다.

〈그대 있음에〉는 사랑의 본질과 속성을 가만히 말해준다. 밋밋하던 "내 맘에" 어느 날 갑자기 "큰 기쁨과 조용한 갈망이"자란 것은 그대가 있기 때문이다. 내 현존 앞에 그대가 나타난 순간 나는 이전에는 없었던 새로운 존재로 발명되었다. 나를 발명한 것은 바로 "그대"이다. "그대 있음에 내가 있네"라는 구절은 그 사실을 명쾌하게 드러낸다.

오, 그대가 왔을 때 사랑도 함께 왔다. 그 사랑이 평온만을 준 것은 아니었다. 차라리 그 사랑은 이전에 겪지 못한 격렬한 고통을 주었다. "당신을 잠시 본 순간부터 나는 더 이상 한마디 말도 할 수 없었어요. 내혀는 부서지고, 내 살갗 밑으로는 미세한 불길이 스며들어 내 눈은 보지도 못하고, 내 귀는 윙윙거리며, 온통 땀으로 적셔진 내 몸은 갑작스런 전율에 사로잡혔어요. 나는 풀잎보다 더 파랗게 되어 곧 죽을 것만 같았어요."* 사랑의 미친 불길에 휩싸인 자는 날마다 그 불꽃에 자기를 지글지글 태우며 번제燔祭를 드리는 자다.

※ 사포의 말. 여기서는 롤랑 바르트, 앞의 책, 226쪽에서 재인용.

사랑하는 자는 애소哀訴하는 자다. 무엇을 애소하는가? 내가 원하는 그 자리에 그대가 항상 있기를! 만일 사랑하는 이가 그 자리에 없다면 나는 어둠 속에서 슬픔에 잠길 것이다. 사랑하는 이가 그 자리에 있다면 삶의 외로움과 고단함은 보상을 받을 것이다. 〈그대 있음에〉는 사랑이 홀연한 빛 속으로 들어서는 일임을 말한다. 사랑은 "나를 불러 그 빛에 살게" 하는 것이다. 사랑의 빛이 비치는 곳에서는 삶이 분비하는 외로움과 고단함이 경감된다. 그 효과는 오래 가지 않는다. 다시 사랑의 고통이 나를 집어삼킨다. 사랑이 초래하는 고통은 살갗이 벗겨지는 것만큼이나 아프다. 사랑은 온통 그 사람을 품고 앓는 일이기 때문이다. 사랑이 깊을수록 그 앓음도 깊어진다. 사랑이 과잉으로 치달을수록 그것이 파열하는 일이 앞당겨진다. 사랑이 깨지는 것은 외부의 원인 때문이 아니라 내부에서 발생한 압력의 과잉으로 인한 것이다.

〈그대 있음에〉

김남조 작시, 김순애 작곡

〈그대 있음에〉는 한 신문사의 기획으로 빛을 본 가곡이다. 1963년 한국일보사에서 김남조에게 시를 청탁하고 작곡가 김순애에게 곡을 요청했다. 1964년 초에 한국일보에 공개되었다. 김남조(1927~)는 경북 대구에서 출생했다. 서울대 사범대학 국어교육과를 나와 숙명여대에서 오랫동안 교수로 있었다. 1953년 시집 《목숨》을 내놓으며 문단에 나왔다. 우리나라 여성시의 대모로 꼽히는 시인이다. 김순애는 황해도에서 출생했다. 이화여자대학교에서 음악학 학사를 하고, 미국 이스트만 음대 대학원을 졸업하고, 플로리다 주립대학 음대 대학원에서 박사 과정을 마친 뒤 이화여대 음악학과에서 교수를 했다.

저 구름 흘러가는 곳 아득한 먼 그곳
그리움도 흘러가라

〈저 구름 흘러가는 곳〉

얇게 펼쳐진 통증

열탕 지옥 같은 여름이 끝나자 가을은 당일 배송 택배처럼 빠르게 도착한다. 숲속 활엽수의 잎에 고운 단풍이 들고, 울안 대추나무 가지마다 알알이 달린 대추알도 제법 굵어졌다. 이맘때면 "저 구름 흘러가는 곳 아득한 먼 그곳 그리움도 흘러가라"라는 노래를 흥얼거린다. 시인 김용호가 쓴 가사에 작곡가 김동진이 곡을 붙여 만든 우리 가곡 〈저 구름 흘러가는 곳〉은 1960년에 나왔다. 노래의 나이가 어느덧 환갑에 가깝다.

먼 곳은 동경의 대상이다. 청년 시절엔 자주 먼 곳을 꿈꾸었다. 내 몽상이 가 닿은 먼 곳은 마추픽추와 잉카 유적이 있는 칠레나 아프리카의 케냐 같은 이국 異國들, 붉은 바위가 아름답다는 미국 서부의 산타페, 지중해에 흩어진 섬들, 《그리스인 조르바》를 쓴 그리스 국민작가 카잔차키스의 무덤이 있는 크레타섬… 등등이다. 그 먼 곳을 물들이는 색은 단연코 찬란하고 아름다운 파란색이다. 푸름은 동경과 그리움의 색이다. "먼 곳의 그 색은 감정의 색이고, 고독의 색이자 욕망의 색이고, 이곳에서 바라본 저곳의 색이고, 내가 있지 않은 장소의 색이다. 그리고 내가 영원히 갈 수 없는 곳의 색이다."* 저 구름이 흘러가 닿는 먼 그곳은 푸르다. 그곳이 아직 밟아보지 못한 미지의 낯선 장소이기 때문이다. 먼 곳을 동경하는 마음에는 지금의 자신을 바꿔서 다른 삶을 살고 싶다는 한 줌의 갈망이 숨어 있는 법이다.

---

* 리베카 솔닛, 김명남 옮김, 《길 잃기 안내서》, 반비, 2018, 51~52쪽.

우리는 발을 딛고 있는 현실과 저 너머의 세계 사이에서 걸쳐져 있다. 우리는 이곳에서 저곳으로 건너가고자 한다. 하지만 그 갈망은 쉽게 해소되지 않는다. 두 세계 사이에는 여러 장애물들이 놓여 이동을 가로막고 있기 때문이다. 지금 여기의 삶이 곤핍할 때 먼 곳에의 동경은 더 아득해진다. 먼 곳은 "꽃들은 곱게 피어 날 오라 부르"고, "행복이 깃든" 곳이라고 말하지 않는가! 멀어진 것은 지리적 거리가 아니라 심리적 거리다. 아무리 멀어져도 먼 곳을 향한 내 그리움은 줄지 않는다. 현실이 비루할수록 그리움은 막무가내로 자라나고 부푼다. 그리움이 부재가 일으킨 아득함이란 걸 모를 수가 없다.

〈저 구름 흘러가는 곳〉을 부를 때 내 마음이 왜 자주 아득해졌는지를 어렸을 때는 알지 못했다. "행복이 깃든 그곳", "즐거움이 넘치는 나라"는 나와는 아무 상관이 없다고만 여겼다. 저 구름 흘러가는 먼 곳을 꿈속에서라도 밟기를 바랐지만 대학도 가지 못하고 취직도 하지 못한 청년에게는 가망이 없었다. 꿈이 가망 없다는 사실을 깨달을 때 우리는 아득해진다. 아득함은 불가능성의 무뚝뚝함이 만든 얇게 펼쳐진 통증이다. 나는 세월이 더 흐른 뒤에야 살아있다는 것 자체가 통증임을 깨달았다. 부끄러움도 통증이고, 기쁨도 통증이다. 통증은 인간의 숙명이다. 〈저 구름 흘러가는 곳〉을 부르며 아득함에 빠진 것은 우리 삶이 품은 불가능성을 어렴풋이 인지하고 체념에 젖어버렸기 때문인 것을 뒤늦게야 알았다.

〈저 구름 흘러가는 곳〉

김용호 작시, 김동진 작곡

〈저 구름 흘러가는 곳〉은 누구나 쉽게 부를 수 있을 정도로 까다로운 데가 없는 곡조의 노래다. 노랫말을 쓴 김용호 (1912~1973)는 경남 마산에서 태어났다. 1935년 《신인문학》에 시를 발표하면서 문단 활동을 시작하고, 1946년부터 1950년까지 《예술신문》과 《자유문학》 주간으로 활동했다. 첫 시집 《항연》을 내놓은 뒤 《날개》·《남해 찬가》·《의상 세례》 등을 잇달아 펴냈다. 김동진은 평남 안주에서 태어났다. 평양 숭실전문학교 재학 시절에 피아노와 바이올린을 배우고, 화성학과 작곡법을 배웠다. 일본 고등음악학교를 졸업하고 해방 뒤 귀국해서 평양 음악대학 교수를 하다가 한국전쟁 때 월남했다. 남쪽으로 내려와 대학교수와 작곡가로 활동하며 아름다운 가곡을 다수 내놓았다.

✳

국화꽃 저버린 겨울 뜨락에
창 열면 하얗게 무서리 내리고

〈고향의 노래〉

고향은 최초의 낙원이다

어머니와 아버지, 형제자매와 어울려 고향 산천에서 천방지축으로 뒹굴며 뛰놀던 어린 시절은 세포마다 새긴 행복의 원체험을 이룬다. 누가 그 감미로운 시절을 쉬이 잊을 수 있을까! 살림이 쪼들리고 등이 휘도록 고된 삶에 휘둘리는 사람에게도 고향은 아련한 추억과 그리움으로 고통을 경감시키는 신통한 진통제와 같다.

고향은 이 세상의 모든 고통에 대한 보상報償일 뿐만 아니라 온갖 시름과 걱정에서 놓여나게 하는 명약

名藥이다. 고향을 떠난 자는 평생 노스탤지어*를 앓는
다. 20세기 한반도인은 일제 강점기, 전쟁과 분단, 산
업화와 도시화로 인한 파란과 격동으로 뒤채는 가운
데 제가 나고 자란 고향에서 붙박이로 사는 게 힘들었
다. 우리는 너도나도 고향을 버렸다. 농사를 작파하고
살길을 찾아 도시로 몰려들었다. 탈향 인구는 도시 빈
민 집단을 형성했다. 그이들은 공단 노동자로 취업을
하거나 날품팔이 노동으로 연명을 했다. 농업 노동의
고됨과 가난이 지긋지긋해서 부득이하게 고향을 떠나
부평초처럼 객지를 떠돌며 드난살이를 했다.

타관살이를 하며 수십 년을 떠도는 동안 사람들은
향수병에 시달렸다. 〈고향의 노래〉 주인공도 고향을
등지고 떠났다. 탈향을 통해 제 삶을 개조할 꿈을 꾸
었으리라. 도시에 나와 이를 악물고 모진 풍파를 견디
며 살았으리라. 국화꽃 지고 하얗게 무서리 내릴 무렵

---

* "'노스탤지어'라는 말은 1678년에 스위스의 의학도 요한네스 호퍼가 불면증 · 식욕 감
퇴 · 가슴이 뜀 · 마비 · 발열 그리고 특히 계속해서 집을 생각하는 등의 증후를 가진 병을
설명하기 위해 만든 것이다." 에드워드 렐프, 김덕현 · 김현주 · 심승희 옮김, 《장소와 장
소상실》, 논형, 2005, 101쪽.

이니 천지간에 음의 기운이 차오르는 스산한 늦가을이겠다. 기온이 영하로 뚝 떨어지고 살얼음이 얼 무렵이면 북녘 하늘에 기러기가 날았다. 누군가는 찬 하늘에 기러기 열을 지어 나는 것을 보다가 한기寒氣에 몸을 부르르 떨며 고향 생각에 젖기도 할 테다.

겨울이 닥치고 고향마을로 들어서는 동구 밖 길에 함박눈이 내려 쌓인다. 저 멀리 눈에 파묻힌 고향집 꽃등불이 아련하게 보인다. 고향집은 우리 존재가 빚어진 모태 공간이다. 참된 삶이 길러지고, 본성과 지각적 통합성이 형성된 곳이다. 그곳을 떠난 사람은 누구나 존재의 뿌리가 뽑히는 듯한 아픔을 겪는다.

서른 몇 해 전, 독일 하이델베르크 지방을 여행하던 중 고성古城으로 이어지는 이국의 밤길에서 고적한 마음을 달래려고 부른 노래로 인해 혼자 울컥해졌던 기억이 생생하다. 마침 봄이고, 하늘에 뜬 달은 보름달이었다. 사방이 휘영청 밝았다. 온갖 꽃들이 뿜어내는 달콤한 꽃향기로 머리가 어지러울 지경이었다. 그때 목청껏 부른 노래가 〈고향의 노래〉였다. 열이 펄펄

끓는 이마로 혼자 누워 있을 때, 타향살이에 지쳐 몸도 마음도 주저앉고 싶을 만큼 고단할 때, 불쑥 고향이 그리워졌다. 저 먼 곳에 있는 고향은 마음만 먹는다면 하루 만에 갈 수도 있겠지만, 아는 얼굴이 다 사라진 고향은 이미 낯선 타향이 아닐까! 고향을 잃어버린 서러움을 억누르고 "국화꽃 져버린 겨울 뜨락에 / 창 열면 하얗게 무서리 내리고"라고 두 소절을 불렀는데, 돌연 가슴이 먹먹해지고 눈물이 솟구쳐 속눈썹을 적셨다.

〈고향의 노래〉

김재호 작시, 이수인 작곡

〈고향의 노래〉는 고향을 잃은 자의 가슴을 후벼 파는 바가 있다. 고향 노래 중 으뜸으로 꼽을 만하다. 서정적 가사가 돋보이는 이 노래는 김재호(1938~)의 시와 이수인(1939~)의 작곡으로 탄생한 노래다. 1968년에 나왔다.

김재호는 경남 김해시 진영읍에서 태어났다. 마산중학교와 마산상고를 거쳐 연세대 국문과를 나왔다. 교사로 재직하면서 《현대문학》지로 등단해 시인으로 활동했다. 이수인은 마산중과 마산고등학교를 거쳐 서라벌예술대학 음악과를 졸업했다. 두 사람은 같은 시기에 마산 제일여고에서 국어 교사와 음악 교사를 지냈다. 1968년 10월, 이수인이 서울 KBS 방송국 어린이 합창단 지휘자로 부임해 마산을 떠난 뒤 김재호가 시 한 편을 엽서에 적어 보냈다. "싸리 울타리가 고운 고향집 마당에 들어서면 처마에 달린 육각의 파란 초롱 꽃등불이 흔들거린다. 그리고 그 등불 위로 소리 없이 펑펑 날리던 함박눈과 그 눈 사이로 들리던 경전선의 기적소리, 그리고 돌아가신 어머

니를 그리며 썼다"라고 김재호는 회고했다. 그 시를 받아서 이

수인이 작곡했다.

꽃바람 꽃바람
마을마다 훈훈히 불어오라
복사꽃 살구꽃 화안한 속에

〈꽃구름 속에〉

추억은 과거를 장밋빛으로 감싸고

가곡 중에 봄노래는 고향의 노래 다음으로 많다. 〈꽃구름 속에〉도 봄을 노래한다. "복사꽃 살구꽃 화안한 속에" 꽃바람이 불고, 꽃구름은 몰려온다. 천지사방에 봄꽃이 만발하고, 마을은 온통 봄꽃 향기에 감싸인다. 봄꽃의 화사한 빛과 그 맑은 향기로 감싸인 마을은 무릉도원武陵桃源이겠다. 이 가곡은 화사한 봄의 아름다움만을 예찬하지 않는다. 차라리 겨울이라는 인고의 시절을 견디고 헤쳐 나온 자의 서러움과 의젓함이 깃들어 있다.

구름처럼 피어오른 "꽃구름 꽃구름 화안한 속에" 펼쳐진 꽃 시절은 거저 오는 게 아니다. "추위와 주림에 시달리어 한 겨우내 움치고 떨며 살아온 사람들"이란 가사가 그것을 암시한다. 봄의 윤리는 봄날의 꽃향기에 취해 겨울의 참혹함을 묻어버리는 게 아니다. 오히려 망각 속에서 꺼내 되살려내는 게 봄의 윤리다. 추위와 굶주림을 만든 자들에게 경고를 하고 같은 죄악을 되풀이하지 않아야만 한다. 봄꽃은 참혹과 굴욕을 견디고 이겨서 챙긴 자랑스러운 전리품이다. 겨울의 참혹을 견디지 못한 식물은 뿌리가 얼어 죽는다. 잊지 마시라, "꽃구름 꽃구름 화안한 속에" 참혹한 겨울이 숨어 있음을!

고향 마을을 등지고 떠난 사람들은 도시의 가난한 달동네에서 추위와 굶주림에 시달렸다. 내 젊은 아버지와 어머니도 고향을 떠나 연고가 없는 서울에 뿌리를 내리려고 궂은일을 마다하지 않았다. 나날을 견디고 살아내는 일은 녹록지 않았다. 가난 속에서 주린 배를 움켜잡고 드잡이하던 시절이었다. 그 시절 추위는 왜 그리도 혹독했을까. 윗목은 외풍이 세서 머리맡 자리끼 물이 꽝꽝 얼어붙었다. 살림은 곤핍하고 식구는 많았다. 날마다 봉지로 쌀을 사서 밥을 끓이고, 연탄 두어 장을 새끼 끈에 묶어 와서 그 불로 아랫목을 덥혔다. 사는 게 그토록 팍팍했건만 어린 자식들은 교과서를 달달 외우며 공부를 했다. 젊은 어버이는 그 자식들을 건사하려고 등골이 휘도록 일을 했다. 여름에는 얼음집에서 사 온 얼음 한 덩이를 잘게 부숴 수박 한 통을 깨고 휘저어 만든 수박화채를 온 가족이 둘러 떠먹었다.

가난이 창궐하던 시대를 돌아보는 일은 서럽다. 세월이 지나니 시련 많아 서럽던 삶도 그리워진다. 과거를 장밋빛으로 감싸는 추억의 힘 때문이다. 추억은 사람을 너그럽게 만드는 경향이 있다. 어렵고 힘든 것은 잊고, 좋았던 기억은 또렷해진다. 추억이 현실 보상심리를 삼키고 점점 자라나는 것은 뇌가 우리를 속이는 장난이다. 인간 뇌가 나쁜 기억을 지우고 좋은 기억을 남겨 우리 생존 능력을 키우는 방식으로 진화한 까닭이다. 서러운 얘기 따위는 까맣게 잊고 "꽃구름 꽃구름 화안한 속에" 마치 마약에 취하듯 꽃향기에 아득히 취해 꽃밭으로 쓰러지는 것이다.

〈꽃구름 속에〉

박두진 작시, 이흥렬 작곡

〈꽃구름 속에〉는 문학지 《문장》 폐간호에 청년 시인 박두진 (1916~1998)이 발표한 시다. 일제 강점기 때 발표된 시에 작곡가 이흥렬이 곡을 붙인 것은 1965년 무렵이다. 노래 속 주인공은 고난을 견디며 살아온 사람들을 연민의 눈으로 바라본다. 겨울을 인고하고 다투어 피어난 꽃의 향기가 온 마을에 진동하는 정경을 명랑하고 활기찬 어조로 노래한다. 전반적으로 분위기가 밝고 어휘도 친숙한 것들이어서 누구나 쉽게 공감할 수 있다. 1965년에 나온 이흥렬 작품집 《너를 위하여》에 수록되었다.

✳

달빛 먼 길 내 님이 오시는가
풀물에 배인 치마 끌고 오는 소리

〈님이 오시는지〉

열망하는 것들에 대한 기다림

기다림의 몸통은 확정되지 않은 시간, 테두리가 없는 시간, 눈에 보이지 않는 시간, 끝도 시작도 흐릿한 가없는 시간이다. 그 끝과 시작에는 윤곽이 없기에 시간의 경계는 흐릿하다. 기다리는 자는 늘 불안하고 초조에 감싸인다. 기다리는 자가 할 수 있는 일은 별로 없다. 기다림은 기다리는 자의 능동성을 빼앗은 채 피동적인 위치에 머물게 한다. 기다리는 자는 자주 시계를 들여다보며 무료함을 꿋꿋하게 버텨내야만 한다. 그는 산만하게 주위를 두리번거리거나 뜻 없이 서성거릴지도 모른다. 가끔은 시계를 흘끔거릴지도 모른다. 기다림은 시간 속에서 이루어지는 일이기 때문이다. 기다림의 시간은 아무런 매듭도 없이 막무가내로 흘러간다. 정작 흘러가는 것은 시간이 아니라 기다리는 동안 초췌해지고 낡아가는 우리들 자신이다.

〈님이 오시는지〉는 임을 기다리는 마음을 노래한다. 사랑에 빠진다는 것은 기다림에 자기 존재를 통째로 내어주는 일이다. 기다림은 기다리는 주체를 포로로 사로잡는다. 그것은 시간을 의식하면서 시간에서 벗어나는 일이고, 동시에 기약이 없는 시간을 견디는 일이다. 기다리는 사람은 시간을 견디며 그것을 살아낸다. "기다림의 시간은 밖으로 확장하지 않고 안으로 집중한다. 그것은 머리로 파악되는 게 아니라 오히려 그것에 내가 몸을 빌려주는 것이다. 시간은 기다리는 사람의 몸을 통해 자기를 드러낸다."* 기다림은 불안과 낯섦에 속수무책으로 점령당한 마음의 일이다.

---

* 해럴드 슈와이저, 정혜성 옮김, 《기다리는 사람은 누구나 시인이 된다》, 돌베개, 2018, 43쪽.

그리하여 기다림은 기다리는 사람을 기다림 말고는 다른 모든 선택을 배제한다. 그를 기다림 안에서 가장 무력하고 덧없이 자기를 소모하는 존재로 낙인을 찍는다.

지금 여기에 부재하는 임은 항상 '먼 데'서 출발해 "먼 길"을 돌아서 온다. "물망초 꿈꾸는 강가를 돌아/ 달빛 먼 길 님이 오시는가." 임이 지금 여기로 오기 위하여 출발한 먼 데란 어디인가? 그 먼 데란 지금 여기가 아닌 곳, 어쩌면 현실의 지리학 저 너머일 것이다. 임은 우리 손이 가 닿을 수 없는 자리에 머문다. 그 먼 데는 애타게 부르는 우리 목소리가 닿지 않는 곳이다. 먼 데 있는 임은 예측할 수 없는 순간에 나타난다. 그렇기에 기다리는 자는 늘 깨어서 임이 오는 기척에 귀를 기울여야 한다. 만약 우리가 잠든 시간에 임이 왔다가 실망해서 돌아갈지도 모르기 때문이다.

임은 저 먼 데서 달빛을 밟고 온다. 귀를 기울인다면 임이 "풀물에 배인 치마 끌고 오는 소리"를 들을 수 있을 테다. 사방에서 들려오는 소리와 빛의 미묘한 변화는 모두 임의 기척이다. 먹물같이 어두운 한밤중 오소리가 왔다가 돌아가는 기척, 나뭇잎들이 떨어져 구르는 소리는 임이 움직이고 있다는 징후다. 임은 달빛을 밟고 오는데, "갈숲에 이는 바람"은 임의 발자취이고, "흐르는 물소리"는 임의 노래다. 임은 내가 머무는 곳으로 오시는가. 마침내 임이 온다면 기다림은 보람이 있을 텐데, 임은 끝내 오지 않는다. 기다림과 설렘은 아무 결실도 보람도 없이 끝난다. "내 맘은 외로워 한없이 떠돌고" 새벽의 찬바람만 스산한 것은 기다림이 무산된 마음의 실망을 반영한다.

〈님이 오시는지〉는 임을 기다리는 일의 설렘과 쓸쓸함을 노래한다. 기다리는 자는 그 기다림의 시간을 제 실존의 시간으로 살아낸다. 왜 이 가곡을 오래 마음에 품고 좋아했던가. 내가 기다림의 설렘과 쓸쓸함을 몸으로 체화하고, 쓸쓸하고 감미로운 시간으로 공감하고 있기 때문일 테다. 기다림의 시간은 언제나 존재의 안쪽에 웅크려 있다가 공작의 아름다운 꼬리처럼 활짝 펼쳐진다. 사람은 사랑에 빠지고 사랑하는 이를 기다려봐야 비로소 인격이 성장한다. 기다림이 몸의 안쪽에 차곡차곡 쌓여야만 그윽한 인격을 가질 수 있다. 누구든 사랑을 해 봐야 인생의 태반이 자기가 열망하는 것들에 대한 기다림으로 채워져 있다는 사실을 깨달을 수 있다.

〈님이 오시는지〉

박문호 작시, 김규환 작곡

〈님이 오시는지〉는 박문호 작시에 김규환이 곡을 붙인 노래다. 김규환(1925~2011)은 평양사범 출신으로 6·25 전쟁 중에 월남했다. 서울 동덕여고 음악 교사를 거쳐 KBS 합창단에서 편곡을 맡고 있었다. 이 가곡은 1966년에 우연한 계기로 만들어졌다. 지휘자가 버린 곡인데, 가사가 유난히 마음에 들어왔다. 곡이 가사와 잘 어울리지 않는다고 판단한 김규환은 이 가사에 맞는 곡을 새로 썼다. 김규환은 〈님이 오시는지〉 외에 〈기다림〉·〈나그네〉·〈산유화〉 등을 작곡했다. 작사자 박문호의 행적은 시인이자 의사로 살았던 것 외에는 그다지 알려진 것이 없다. 1983년에 세상을 떴다고 한다.

＊

동그라미 그리려다
무심코 그린 얼굴
내 마음 따라 피어나던
하아얀 그때 꿈을

〈얼굴〉

한없이 지연되는 꿈

　사랑에 빠진 자들은 실은 사랑하는 자의 얼굴에 빠져 그것을 경배한다. 얼굴에 경배를 바치는 것은 얼굴에서 사랑이 시작하기 때문이다. 사랑은 얼굴에 대한 신앙에 빠지는 일이다. 한 철학자는 이렇게 적었다. "사랑은 얼굴에 대한 신앙이며, 예술에 의해 얼굴을 표현하는 행위는 오히려 금지된다."* 사랑이 시작함과 동시에 이상한 일이 벌어진다. 사랑하는 자의 얼굴

---

　* 알랭 핑켈크로트, 권유현 옮김, 《사랑의 지혜》, 동문선, 1998, 53쪽.

은 끊임없이 사랑하는 자에게서 달아난다. 그래서 사랑하는 자는 그 달아나는 얼굴을 붙잡기 위해 마음속에서 그 얼굴의 형상을 그린다.

〈얼굴〉은 내게서 달아나는 얼굴을 그리는 일의 어려움에 대해 말한다. 사랑하는 자의 얼굴은 스스로의 존재에 대해 끊임없이 질문을 던진다. 그 얼굴은 모호하다. 우리는 그 모호한 것을 "동그라미 그리려다 무심코 그린"다. 이 얼굴의 모호함은 사랑의 수수께끼와 같은 본질이다. 그것이 모호하고 알 수 없는 이유는 확정된 것이 아니기 때문이다. 사랑하는 이의 얼굴은 끊임없이 변한다. 우리가 무심코 그린 얼굴은 "동그랗게 동그랗게 맴돌다" 사라진다. 사랑하는 자의 얼굴은 왜 자꾸 달아나는 것일까?

사랑하는 자의 얼굴은 "내 마음"을 "따라 피어"나는 "하아얀 꿈"이다. 또한 그것은 "무지개 따라 〔하늘로〕 올라"가는 환영이다. 그 얼굴은 "오색빛 하늘나래 구름 속에 나비처럼" 난다. 그 달아나는 얼굴을 끝내 붙잡을 수가 없다. "사랑받는 얼굴은 유동적이고,

파악하기 어렵고, 언제라도 사라지려고 하는 것"*이기 때문이다. 사랑하는 자의 얼굴은 실체가 아니라 덧없는 환영이며, 붙잡을 수 없는 소멸하는 찰나들의 집합일 따름이다. 사랑하는 자의 얼굴은 포획할 수가 없다. 그것은 붙잡을 수 없는 환영이기 때문이다.

얼굴은 찰나마다 변전한다. 그렇기에 얼굴에 연속성을 부여할 수가 없다. 그것은 안개같이 붙잡으려는 손가락 사이로 빠져 달아난다. 다만 모호한 대로 맴돌다가 사라지는 그것을 그릴 수는 있겠으나 붙잡을 수는 없다. 사랑하는 자의 얼굴을 붙잡는 일에 실패했다고 실망할 필요는 없다. 애초 얼굴은 붙잡을 수도 없고 추적할 수도 없는 그 무엇이다. 사랑하는 얼굴은 실체나 형태가 아니라 한없이 지연되는 꿈이고, 찰나마다 지워지며 새롭게 빚어지는 환영인 까닭이다.

---

* 위의 책, 54쪽.

〈얼굴〉

심봉석 작시, 신귀복 작곡

〈얼굴〉은 심봉석의 작시에 신귀복이 작곡한 노래다. 1967년에 나온 노래다. 1974년 가수 윤연선이 포크송으로 부르면서 대중의 사랑을 듬뿍 받았다. 이 원곡은 서울의 한 중학교 교무실에서 탄생했다. 어느 날 동도중학교 음악 교사 신귀복이 생물 교사 심봉석에게 뜬금없는 제안을 했다. "애인을 생각하며, 얼굴을 소재로 가사를 지어보라"는 것. 그러면 그 가사에 맞는 곡을 만들겠다고 약속한 것이다. 두 사람이 마음을 합쳐 만든 이 노래는 대중가요로 유명해졌다. 나중에 중학교 음악 교과서에 실리면서 여러 성악가들이 다투어 부르며 대중의 사랑을 받는 가곡으로 거듭났다.

저 별은 뉘 별이며
내 별 또 어느 게요
잠자코 홀로 서서
별을 헤어 보노라

⟨별⟩

꿈같이 아득해진 순간

별들은 지구의 공전에 따라 그 위치가 달라진다. 한 해가 지나면 별들은 제자리로 돌아온다. 별들의 출현과 밝기, 이동에 따라 나라나 인간의 운명이 달라진다는 고대 신앙은 오래되었다. 동서양을 가리지 않고 별들이 운명을 점지한다는 신앙이 전래되었다. 고대 농경사회에서는 별들을 보고 한 해 농사의 풍년이나 흉작을 점쳤다. 별은 순수의 표상이고, 드높은 이상의 푯대로 삼을 만하다. 인류는 별이 하늘의 계시, 신의 전언을 전달하는 것으로 신비한 대상으로 여겼다. 시인 윤동주는 〈서시〉에서 "별을 노래하는 마음으로 모든 죽어가는 것을 사랑해야지"라고 썼다. 그렇다면 "별을 노래하는 마음"이란 어떤 마음일까.

별들은 낭만주의 시대 여행자들에게 갈 길을 일러주는 나침반이었다. 루카치는 《소설의 이론》에서 이렇게 썼다. "하늘의 빛나는 별들을 보고, 갈 수 있고 또 가야만 하는 길의 지도를 읽을 수 있었던 시대는 얼마나 행복했던가? 별빛이 그 길을 환히 밝혀주던 시대는 얼마나 행복했던가?" 아, 별빛이 여행자의 갈 길을 밝히던 시대는 행복한 시대였다. 하지만 이제 밤하늘은 도시의 밤을 환하게 밝히는 인공조명과 오염 물질로 뒤덮여 더 이상 별빛을 보내지 않는다. 고독한 방랑자들이 별빛 아래를 걸어서 이곳에서 저곳으로 이동하는 시대는 막을 내렸다. 그와 함께 인류가 보편적으로 누리던 자연의 혜택 중 많은 것들이 덧없이 사라졌다.

별을 노래한 시는 많지만 이병기의 〈별〉만큼 서늘한 아름다움을 뽐내는 시는 드물다. 바람이 서늘한 느낌이라니, 아마도 계절이 가을쯤이었나 보다. 땡볕과 우기가 끝나고 가을은 닥친다. 여름이 왕성한 생명력과 양기로 가득 찬 계절이라면, 가을은 음기가 세상을 덮는 조락과 죽음이 뒤덮는 스산한 계절이다. 여름철 내내 녹색 짐승 같던 나무들은 가을엔 순한 짐승으로 변한다. 녹색 나뭇잎이 단풍으로 곱게 물들고 이내 조락을 시작한다. 바람이 불 때마다 우수수 잎들이 질 무렵 서늘한 가을바람은 산자락 아래에 무리 지어 피어난 구절초를 흔든다. 밤 되면 달은 높이 뜨고 풀벌레 소리는 드높아진다.

〈별〉은 어린 오누이가 별들을 머리에 이고 알 수 없는 제 미래를 그려보는 조촐한 풍경이 그려지는 노래다. 구름을 벗어난 밤하늘은 닦인 듯 말갛게 빛난다. 그 말간 하늘에 초사흘 달과 함께 어린 별들이 쏟아져 나와 반짝인다. 어느 집 뜰에 사이 좋은 오누이가 나와 그 가을 밤하늘의 떠오른 별들을 바라본다. 그 반짝이는 별들을 바라보며 "저 별은 뉘 별이며 내 별 또어느 게요"라고 다정한 말을 나눈다. 어린 오누이가

이 별들을 바라보던 시간은 인생이 평화와 안녕으로 아름답고 오롯하던 때다. 그런 고요와 안녕의 시간은 빨리 사라진다.

봄마다 뜰에는 봉숭아꽃이 피고 모란과 작약도 자라던 고향집도 사라졌다. 뜰 앞에 나가 구름을 벗어난 밤하늘에 무수한 새싹처럼 돋아나던 어린 별들도 더는 찾아볼 수가 없게 되었다. 밤하늘에 지천이던 별들은 천연기념물이나 마찬가지로 희귀해졌다. 어린 누이와 함께 "저 별은 뉘별이며 내 별 또 어느 게요"라던 순간도 꿈같이 아득해진다.

〈별〉

작시 이병기, 작곡 이수인

〈별〉은 이병기가 작시하고 이수인이 곡을 붙였다. 이병기 (1891~1968)는 국문학자이자 시조 시인이다. 1913년 한성사 범학교를 졸업한 뒤 교사로 일하면서 고문헌을 모으고 시조창 작을 시작했다. 1920년 한 잡지 창간호에 〈수레 뒤에서〉라는 첫 시조를 내놓았다. 초기 시조들은 1939년에 나온 《가람시조 집》에 실려 있다. 1921년 뜻이 맞는 사람들과 모여 조선어연 구회를 조직해 우리말 연구를 했다. 해방 뒤 서울대학교 문리 대학 교수 등을 지냈다. 이수인은 경남 의령에서 태어났다. 마 산동중에 입학하면서 교회 성가대로 활동했고, 바이올린과 기 타를 독학으로 배웠다. 마산고에 진학해 당시 교사인 작곡가 윤이상과 시인 유치환 · 김춘수 · 김상옥 등을 만났다. 1950년 말, 서라벌 예술대학 음악과를 마치고 마산 성지여고와 제일 여고에서 교사생활을 했다. 마산 KBS 어린이합창단과 어머니 합창단(현 마산시여성합창단)을 창단했다. 그 뒤 서울 KBS 어 린이 합창단의 지휘를 맡는 동안 숱한 창작 가곡을 내놓았다.

✴

초연이 쓸고 간 깊은 계곡
깊은 계곡 양지 녘에
비바람 긴 세월로 이름 모를
이름 모를 비목이여

〈비목〉

비극의 원경 遠景

이 가곡이 애절한 것은 분단 조국이 품은 원초의 비극을 노래하는 까닭이다. 그 배경은 "초연이 쓸고 간 깊은 계곡"이다. 그 계곡의 양지바른 곳에 "이름 모를 비목"이 하나 세워져 있다. 그 비목은 비바람을 맞아 삭아서 곧 쓰러질 듯한 자태로 누군가의 무덤 앞에 서 있다. 이 무명용사는 누군가의 아들이고, 누군가의 친구이며, 누군가의 동생이었을 테다. 그는 어쩌다가 이 낯선 계곡에 불귀의 객으로 누워 있는 것일까?

1964년 무렵이다. 소위 계급장을 단 한 청년 장교가 강원도 화천군 백암산 계곡의 비무장지대를 순찰하다가 잡초 더미 우거진 곳에서 한 무명용사의 돌무덤을 발견했다. 이끼로 뒤덮인 돌무덤 앞에 비목碑木이 비뚜름히 서 있었다. 그 옆에는 녹슨 철모가 나뒹굴고, 때마침 산목련도 피어 있었다. 화약 냄새가 휩쓸고 지나간 계곡 위로 석양의 붉은 하늘이 무심히 떠 있었다. 청년 장교는 그 자리에서 급하게 수첩에 몇 자 끄적인다. 그로부터 4년 뒤 군대를 나와 동양방송에서 프로듀서로 일했던 한명희의 이야기다.

사람은 누구나 죽는다. 죽음은 피할 수 없는 실존 조건이다. 사람은 누구나 불가능성의 가능성으로 죽음을 맞고 그것을 받아들인다. 하건만 이 계곡에 누운 무명용사의 죽음은 유난히도 외롭고 애처롭다. 주검은 땅에 누워 말이 없고, 그 주검을 품은 무덤 앞에 세워진 비목은 "궁노루 산울림 달빛 타고 달빛 타고 흐르는 밤 / 홀로 선 적막감"에 울다 울다 지친 채 삭아간다. 이 비목은 한 무명용사의 죽음을 근경近景으로 증언하고, 분단 조국의 씻을 수 없는 비극을 원경遠景

으로 삼는다. 비목은 얼마나 오랫동안 험한 산 계곡에 혼자 외롭게 서서 세월을 흘려보냈을까. 돌무덤에 낀 이끼와 비목이 삭음의 정도가 그것을 말없이 말해준다.

〈비목〉

한명희 작시, 장일남 작곡

죽어서 말없이 누워 있는 자의 비통한 사연을 담은 가곡 〈비목〉이 나온 것은 1967년이다. 한명희의 시에 장일남 한양대학교 음대 교수가 곡을 붙였다. 한명희(1939~)는 서울대 국악과를 나와 동양방송 프로듀서를 지냈다. 나중에 국립국악원장과 서울시립대 교수로 재직하다가 은퇴했다. 장일남(1932~2006)은 황해도 해주 출생이다. 해주사범학교를 거쳐 해주음악학교에서 작곡의 기초인 화성학과 대위법을 배웠다. 1949년 평양음악학교로 전학해 공부했다. 1950년 이 학교를 졸업한 뒤에 월남했다. 1951년, 19세 때 김민부의 시에 곡을 붙인 가곡 〈기다리는 마음〉을 내놓으며 재능을 드러냈다. 〈비목〉은 1976년 TV 드라마의 배경 음악으로 쓰여 대중에게 널리 알려지며 '국민 애창가곡'으로 큰 사랑을 받았다.

✳

누구의 주제런가 맑고 고운 산
그리운 만 이천 봉 말은 없어도

〈그리운 금강산〉

갈 수 없는 산

산은 그 높고 웅장한 자태로 인간의 외경심을 자아
내며 우뚝 서 있다. 우리가 고산에 올라 느끼는 종교
적 법열감은 곧 일상 주거공간의 평면성에서 벗어났
을 때의 새로운 지각과 삶의 깊이에 대한 인식을 바탕
으로 한다. 우리의 지각심리학 속에서 산의 수직적 높
이는 그 자체로 숭고한 것이다. 고산의 봉우리에서 발
아래 펼쳐진 풍경을 조망하면서 느끼는 기쁨은 삶의
좁고 답답한 테두리를 훌쩍 벗어나는 해방감에서 비
롯한다. 산은 심미적 기쁨과 함께 삶에 대한 초월적

계기와 성찰을 주는 고마운 존재다.

금강산은 우리 땅에 솟은 산 중에서 으뜸으로 꼽을 만한 명산이다. 편마암과 화강암으로 된 수직 절벽과 깊은 계곡, 기암과 괴석 등이 절경을 이루며 장엄하게 펼쳐진 산이다. 강원도 북부의 회양군·고성군·통천군·인제군에 걸쳐 있는 이 명산은 일만 이천 개 봉우리를 거느리고 서 있다. 가장 높은 비로봉을 중심에 두고 서쪽으로 내금강과 동쪽으로 외금강과 동쪽 끝 바닷가와 면한 해금강으로 이루어졌다. 국토 분단 이후 휴전선 북쪽에 위치한 탓에 오랫동안 갈 수 없는 산이 되고 말았다.

〈그리운 금강산〉은 겨레의 마음속 영산靈山으로 새겨진 금강산의 아름다움을 기리는 가곡이다. 일만 이천 봉우리를 가진 "수수만년 아름다운 산"은 국토 분단으로 말미암아 수십 년째 찾지도 오르지도 못하는 금단의 산이다. "우리 다 맺힌 슬픔 풀릴 때까지/수수만년 아름다운 산/못 가본 지 몇몇 해"라는 가사에는 분단의 아픔이 스며 있다. 그 산을 다시 찾는 날은 통

일이 이루어진 때일 것이고, "자유 만민〔이〕 옷깃 여미며" 금강산을 오르는 날은 아마도 벅찬 기쁨의 날이 될 것이다.

〈그리운 금강산〉은 합창곡으로 들어도 좋은 가곡이다. 이 노래를 부를 때 남북 분단으로 멀어진 금강산을 기어코 다시 찾고자 하는 열망과 더불어 그곳을 향한 우리의 그리움은 새록새록 자라난다. 애초 남북 분단의 삼엄함 속에서 탄생한 이 노래는 1972년 남북공동성명과 남북적십자회담 등으로 남북 간 화해 분위기를 이루자 일부 가사의 수정이 이루어졌다.

〈그리운 금강산〉

한상억 작시, 최영섭 작곡

〈그리운 금강산〉은 한상억 작시에 최영섭이 곡을 붙인 가곡이
다. 한상억(1915~1992)은 인천 출신 시인이다. 인천상업학교
를 나와 은행원으로 일하며 시를 썼다. 작곡가 최영섭과는 동
향의 인연으로 가곡 여럿을 함께 만들었다. 최영섭(1929~)은
인천 강화군에서 태어났다. 서울대 음악대학에서 작곡을 전공
하고, 빈 국립음대에서 지휘를 사사했다. 그 뒤 인천여중 음악
교사를 거쳐 KBS 방송국에 재직했다.

최영섭은 이 곡을 만든 후일담을 이렇게 전한다. "1961년 8월
이다. KBS 방송국이 남산에 있던 시절이다. 〈남산에 올라〉·
〈한강의 노래〉·〈낙동강 칠백리〉·〈백두산은 솟아 있다〉 등의
곡을 발표할 때였다. 어느 날 한 지인과 차를 마시는데, 다짜고
짜 '한강, 백두산, 낙동강을 다 작곡하면서 정작 금강산은 왜
안 만드는 거요?'라고 따져 물었다. 1961년 8월 26일, 친하게
지내던 시인 한상억을 찾아가 자초지종을 얘기했더니 '노랫말
을 이미 써 놨으니 가져가시오'라고 했다. 그날 집으로 돌아와

밤새 작곡을 해서 이튿날 방송국에 악보를 전달하고 녹음에

들어갔다."

✳

나는 수풀 우거진 청산에 살으리라
나의 마음 푸르러 청산에 살으리라

〈청산에 살리라〉

소박한 품성과 조촐한 삶

    이촌향도離村向都는 근대 이후 한국 사회가 피할 수 없었던 변화의 정향이었다. 다들 농촌을 떠나 도시로 몰려들었다. 아파트와 대형마트, 군집 생활, 문화와 교육의 기회 집중으로 특징짓는 도시에 견주자면 "수풀 우거진 청산"은 출세와 명리를 좇는 사람들이 들어와 살 수 없는 고요한 청정 지역이다. 더럽고 복잡한 세상을 피해 소박한 품성으로 조촐한 삶을 꾸리려는 사람들이 모이는 곳이다. 그이들이 중요한 가치로 섬기는 것은 고요한 삶과 마음의 평화를 유지하는 것,

자연과 사람이 어우러져 사는 것, 이웃 간에 인정을 도탑게 쌓으며 사는 것이다. 그이들은 땅에 씨앗을 뿌리고 그것을 거둔 수확물로 살림을 꾸린다. 제 잇속을 넘치게 추구하지 않으며, 남의 불행을 제 행복으로 여기지도 않는다. 봄이 오면 마을 둔덕이나 산등성이가 초록빛으로 물들고, 세상의 번뇌나 시름 따위는 잊고 사는 이곳은 누구나 꿈꾸는 낙토樂土이다. 세상의 번뇌와 시름이 없는 삶을 보장하면 누군들 그런 곳에서 살고 싶지 않으랴.

"청산"은 낙원 사상이 빚어낸 산물이다. 동양의 낙원 사상이 빚은 대표적 이상향은 무릉도원이다. 복사꽃 흐드러지게 피어 있고, 한마을 사람들이 꿈결같이 살아간다는 무릉도원은 서양의 유토피아에 견줄 만하다. '무릉'의 어부가 배를 타고 가다가 길을 잃었다. 배에서 내려 동굴을 따라가다 어느 복사꽃이 피어 만발한 낯선 마을로 들어섰다. 어부는 신비스럽고 아름다운 선경仙境 속에서 사람들이 평화롭게 사는 광경을 보고 넋을 잃었다. 이 오래된 신화를 바탕으로 도연명은

〈도화원기〉라는 시를 썼다.

〈청산에 살리라〉의 바탕에 깔린 것은 자연 회귀의 철학이다. 이때 자연은 씨앗을 뿌려 수확을 거두는 땅과 산과 하늘을 포괄하고, 이것을 넘어서 죄와 악에서 벗어나 올바름으로 나아가는 윤리적 실천의 바탕이다. 고향은 가지런한 질서 속에 세워진 정주定住의 기반이다. 세상이 혼란스럽고 영혼이 곤핍할수록 자연을 그리워하며 동경하는 것도 그 때문이다. 청산에는 세속의 번뇌와 시름 따위는 발붙일 데가 없다. 밭 갈고 씨 뿌리며 자식들을 키우며 안빈낙도安貧樂道를 누릴 만한 이상향이다. 청산을 물들인 색은 푸른색이다. 청산의 푸름은 지평선 같이 먼 곳의 아름다움과 신비를 품는다. "푸름은 내가 영영 도달할 수 없는 먼 곳, 그 푸른 세상에 대한 갈망의 색이다."* 청산이 현실 저 너머 먼 데 세상임을 암시한다. 청산에 살다 보면 내 마음도 어느덧 푸르러지리라.

---

* 리베카 솔닛, 앞의 책, 52쪽.

〈청산에 살리라〉

김연준 작시, 김연준 작곡

〈청산에 살리라〉는 한양대학교를 설립하고 이사장을 지낸 교육자이자 작곡자로 활동한 김연준이 시를 쓰고 곡을 붙였다. 김연준(1914~2008)은 함경북도 명천에서 태어났다. 경성고등보통학교를 거쳐 연희전문 문과에 들어가면서 연희전문 교향악단에서 바이올린 비올라 파트에서 활동했다. 현제명 문하에서 음악 공부를 하고 독창회를 두 번이나 열었다. 1970년 이후 작곡 공부를 시작해서 1972년 10월에 서울시민회관에서 가곡 발표회를 열었다. 1973년 한 필화사건으로 구치소에 있을 때 노랫말과 곡을 썼는데, 〈청산에 살리라〉도 그때 쓴 것으로 알려졌다. 〈청산에 살리라〉는 1,500곡에 이르는 많은 가곡을 만든 김연준의 가곡 중에서 가장 널리 불리는 노래다.

먼 산을 호젓이 바라보면
누군가 부르네
산 너머 노을에 젖는
내 눈썹에 잊었던 목소린가

〈산노을〉

산에 대한 무의식의 기억

우리나라는 국토의 70퍼센트가 산이다. 한반도 지형은 산이 큰 부분을 차지한다. 가히 산의 나라라고 할 수 있겠다. 한반도인은 산에 둘러싸인 땅에서 태어나 산과 떼려야 뗄 수 없는 관계를 맺고 살다가 죽는 일이 드물지 않았을 테다. 신성한 기운을 품은 산은 산신령이 사는 곳이며, 종교적 외경심의 대상이기도 하다. 몸과 마음을 닦는 수행지로서 산보다 더 좋은 곳도 없다. 어디 그뿐이랴. 우리가 자주 쓰는 '고향 산천'이라는 말에도 산이 어엿한 한 축을 차지하고 있다. 곡절 많은 이승의 삶을 마감하고 뼈를 묻는 곳도 '선산先山'이다. 한국인에게 산은 삶의 터전, 살림에 보탬이 되는 산림자원의 보고寶庫, 마음의 원적지原籍地다. 옛사람이 이상향으로 꼽은 '무릉도원'이나 '청학동'도 산속 깊은 곳에 숨은 피난처이다. 이상향에 얽힌 구전口傳은 난세를 피해 산속으로 들어가 세속과 떨어진 채 삶을 꾸렸던 이들의 이야기에서 비롯되었을 것이다.

〈산노을〉은 우리 정서에 고착된 산에 대한 무의식의 기억을 자극한다. 산은 평지보다 오고 가는 일이 힘드니, 산지 마을은 고립되기가 쉽다. 고립된 처지의 사람은 먼 데 사는 누군가를 그리워할 수 있다. "먼 산을 호젓이 바라보"는 사람은 누군가 자기를 부르는 소리를 듣는다. 산속에서 외로움이 사무쳤으니 그 목소리에 반색한다. "산 너머 노을에 젖는 내 눈썹에 잊었던 목소린가." 그 목소리는 자기의 목소리가 산울림으로 되돌아온 것에 지나지 않는다. 산울림은 마음을 울리고 사라진다. 산울림이 긴 꼬리를 끌며 산 너머로 흩어져 사라질 때 "다가왔던 봉우리[도] 물러"난다. 그러면 그는 다시 혼자만의 외로움에 잠긴다.

"나무에 가만히 기대"어 거기 누군가 숨었을 것이라는 상상을 펼친다. 사실 나무속에 누군가 있을 리가 없지만 외로움이 깊으면 나무속에 누군가 있다고 믿고 싶어진다. 누군가를 향한 그리움에 지치면 "언젠가 꿈속에 와서 내 마음에 던져진 그림자"라도 품고 싶어질 것이다. 그리움은 사랑하는 사람이 없는 가운데 생기는 마음의 그윽한 파문이다. 내 마음에도 그런 그리움이 숨어 있었던가. 영산홍이 만개한 봄날 오후, 〈산노을〉을 부르노라면 쓸쓸함과 그리움이 북받쳐 올라 가슴이 먹먹해지는 바가 있다. 테너 신영조가 부르는 것을 처음 들었다. 그때 서정적인 가사가 마음에 크게 울려 바로 악보를 구해 누구의 도움도 없이 배웠다. 이 곡은 박자의 변조가 심해 성악가들조차 부르기 어렵다니 악보도 읽을 줄 모르는 까막눈이에 불과한 내가 독학으로 더듬거리며 익혀 부른 노래가 제대로 되었을 리가 없다.

〈산노을〉

유경환 작시, 박판길 작곡

〈산노을〉은 유경환의 작시에 박판길이 곡을 붙였다. E단조의 멜로디에 서정적 가사가 잘 어울리는 노래다. 이 가곡이 나온 것은 1972년이다. 박판길(1929~1998)은 전북 군산에서 태어나 어려서 교회에서 피아노를 치며 음악과 친해졌다. 서울대학 음악대학을 나와 1968년에서 1971년까지 미국 유학을 가서 작곡 공부를 했다. 시카고 음악학교에서 석사를 마치고, 시카고 심포니 지휘자였던 피셔 교수에게 작곡과 지휘법 지도를 받았다. 세종대 교수를 거쳐 1981년부터 충남대 음악대학에 교수로 재직하다가 물러났다. 유경환(1936~2007)은 황해도 장연에서 태어났다. 경복고 재학 시절에 시를 쓰고,《현대문학》지에 추천받아 등단했다. 월간《사상계》편집장과 조선일보에서 기자로 일했다. 박판길이 경복고 음악 교사로 재직할 때 유경환은 그 제자였다. 한 인연이 있었다. 그 인연이 이어져 박판길이 유경환에게 가곡에 붙일 시를 부탁해서 나온 노래가 〈산노을〉이다.

한 줄도 좋다, 우리 가곡
내 쓸쓸한 마음의 울타리

초판 1쇄 발행 2019년 12월 1일

지은이 장석주
발행편집 유지희
디자인 송윤형
제작 제이오

펴낸곳 테오리아
출판등록 2013년 6월 28일 제25100-2015-000033호
주소 03784 서울특별시 서대문구 연희로 30, 405호
전화 02-3144-7827   팩스 0303-3444-7827
전자우편 theoriabooks@gmail.com

ⓒ 장석주 2019
ISBN 979-11-87789-23-9 03810

• 이 도서의 국립중앙도서관 출판예정도서목록(CIP)은 서지정보유통지원시스템 홈페
  이지(http://seoji.nl.go.kr)와 국가자료공동목록시스템(http://www.nl.go.kr/kolisnet)에
  서 이용하실 수 있습니다. (CIP제어번호:CIP2019044608)